El silencio y los crujidos

El silencio y los crujidos

JON BILBAO

IMPEDIMENTA

¿A qué llamas soledad? ¿No ves la Tierra
Llena de vivientes y variadas criaturas, y los aires
Saturados, seres todos que a tus órdenes
Acuden a jugar en tu presencia?

John Milton, *El paraíso perdido*

PRIMERA PARTE:

COLUMNA

La hormiga trepó a la cima de la columna. Orientó el cuerpo en una dirección, luego en otra, decidiendo por dónde empezar la búsqueda de comida. La plataforma de piedra en lo alto de la columna, plantada sobre el capitel, se extendía ante ella, cuadrada, de tres pasos simples de lado, abrasadora bajo el sol del mediodía. En el centro, de rodillas, meditaba Juan. Llevaba en la misma postura desde antes del amanecer. Adormilado, la barbilla se le caía en una lenta curva. Al tocar el pecho se elevó de repente y el estilita entreabrió los ojos musitando una disculpa a Dios. Vio a la hormiga y se puso en pie. Aturdido por el calor y el hambre, tuvo que aferrarse a la cuerda que, sujeta a cuatro balaústres, rodeaba la plataforma y servía de parapeto. La hormiga recorrió la plataforma sin encontrar ni una migaja de la que apropiarse; a la vez, hacía retroceder al estilita, que acabó arrinconado en una esquina, con el insecto columpiando las antenas frente a las largas uñas de sus pies. Juan levantó una pierna tanto como si pasara sobre una víbora y brincó a la esquina opuesta. Debía sentirse honrado por la visita de aquella criatura de Dios, de cualquier criatura de Dios, después de tres días sin ver a nadie más que las aves que sobrevolaban la hondonada, pero la criatura de Dios tenía seis patas que tocaban el inmundo suelo y había escalado la columna sin dificultad y la bajaba ahora con indiferencia. Juan observó el descenso achicando los ojos, hasta perder de vista al insecto. Regresó al centro de la plataforma y se relajó con el retorno del silencio, que solo habían alterado los latidos de su corazón y la alarma en su cabeza.

La hondonada tenía forma de cuenco y en su centro se alzaba la columna. La plataforma llegaba al nivel del borde rocoso. Juan vivía a quince pasos simples del suelo pero quien se acercara divisaría en primer lugar una cabeza de rostro escuálido y quemado por el sol, con la barba y el cabello largos y enmarañados, que parecía asomar de la tierra. Había escogido la hondonada para limitar lo que podía ver. Sus ojos debían volverse hacia su interior. La elección de la hondonada era además una muestra de humildad; la cima de la columna se distanciaba del sucio suelo pero no se adentraba en el cielo, como las aves y los ángeles. La forma cóncava de la depresión, no obstante, ansiaba Juan, ayudaba a proyectar sus oraciones hacia las alturas. Soñaba con rezar hasta consumirse, con que su carne se transformara en alabanzas a Dios que brotaran de entre sus labios, como agua filtrada entre estratos rocosos, que mana lenta pero incesante, cargada de sabor mineral: una forma demorada de suicidio religioso.

En las noches despejadas, cuando contemplaba las estrellas hasta el mareo, el estilita se abandonaba a la creencia íntima de que la traza de Dios, lloviendo del firmamento en forma de gotas intangibles e invisibles, de tan minúsculas y enigmáticas, era recogida por la hondonada y se acumulaba en su centro, del que nacía la columna. Soñaba con alcanzar la dicha necesaria para que la traza divina se tornara visible para él. En algún momento parpadearía para aliviar los ojos del brillo del sol y al alzar los párpados lo deslumbraría un brillo infinitamente mayor, los reflejos de una laguna de consistencia mercurial donde brincarían peces con rubicundos rostros de querubines, armoniosas notas a modo de chapoteos, la plataforma hecha isla.

Alguien se acercaba. El estilita sentía a los visitantes antes de verlos. Su estómago, como un ser autónomo e indiscreto, saludó la compañía, que quizás trajera una ofrenda comestible, la cual depositaría al pie de la columna en la cesta que un Juan de manos temblorosas izaría con una cuerda. Tenía tanta hambre que apenas lamentó la nueva perturbación de su soledad. Musitó también una disculpa por eso. Se reprobó por imaginar qué podrían traerle, por padecer el deseo de un bollo con especias o un pastelillo de miel. Un poco de agua con que rellenar su vasija sería más que suficiente, y un poco de galleta quizás. Rechazaba la fruta porque sus formas y la pulpa lo arrastraban a pensar en las mujeres.

Varias personas, a pie y a caballo. Procedentes de la ciudad. Pisadas rítmicas y firmes, lo que significaba que no eran enfermos. El primero en asomarse al borde fue un jinete armado. Llevaba un arco en la mano y una lanza guardada en una cuja. Oteó la hondonada y envió una seña a los que iban detrás. Una litera portada por ocho esclavos, con las cortinas echadas, bajó a la hondonada, en curso diagonal y lento, como un gran escarabajo. El primer jinete y otro más, asimismo armado, se quedaron arriba, vigilando. Las piedras y la tierra reseca se deslizaban bajo las sandalias de los porteadores, que trataban de conservar el equilibrio al mismo tiempo que mantenían la litera lo más vertical posible. No parecían muy diestros. Juan reconoció a uno, un eunuco experto en afeites y recitaciones satíricas al que antes nunca se habría asignado un trabajo tan duro. Debía de haber escasez de brazos en la casa de Juan. La plaga también había llegado allí.

La litera alcanzó el fondo y unos golpes dados en el interior ordenaron detenerse a los porteadores. Al abrirse la cortina, lo primero que el estilita vio fue una peluca con tirabuzones teñida de rojo.

Juan acostumbraba a hacer sus necesidades siempre por el mismo lado de la columna, pero de noche era difícil conseguirlo. Había excrementos ennegrecidos alrededor de todo el pilar. El estilita no era tan popular como para que los suplicantes se los llevaran como reliquias efímeras. Su madre se levantó el borde de la estola y se acercó evitándolos. Le tendió las manos. Hijo mío, dijo, rehusando llamarlo Juan, nombre que ella no le había dado. Lo había adoptado él mismo, siguiendo la costumbre de los conversos, pese a haber nacido en una familia cristiana; la memoria del Bautista parecía incapaz de soportar tan reiterada honra. Hacía años que la madre no lo veía. El sol estaba detrás de su hijo y los rayos atravesaban los agujeros de la túnica. La silueta al trasluz era peor que la de muchos de los cadáveres que se apilaban en las calles de Constantinopla. Ella se llevó las manos al pecho y le dijo que su padre había muerto.

La noticia de la plaga había irrumpido en la hondonada a comienzos de la primavera. Los suplicantes que visitaban a Juan se multiplicaron. Hablaban de demonios andrajosos que rondaban los callejones de la ciudad. Se acercaban con sigilo a gentes al azar y las tocaban con el índice para contagiarles la enfermedad. Los suplicantes pedían al estilita que rezara por ellos. Se demoraban en retirarse y dejarlo solo. En la hondonada, desde donde no se divisaba la ciudad, se sentían seguros. Nunca, desde que subió a la columna, había disfrutado Juan de tanta comida. Compartía la que le sobraba con los pájaros. En las siguientes semanas los visitantes disminuyeron. Las noticias eran alarmantes y las súplicas desesperadas. No quedaba espacio en los cementerios de Constantinopla. Los demonios ya no recorrían las calles sino que se aparecían en sueños y la gente que se había acostado sana despertaba febril. Era creencia extendida que iba a morir toda la humanidad. El emperador Justiniano estaba enfermo. Algunos suplicantes llegaban cargados con bultos, huían con lo que quedaba de sus familias. Preguntaban al estilita adónde debían dirigirse, querían saber de cuevas e islas seguras. Él les aconsejaba que se alejaran de la costa. Otros le pedían que curara a un esposo, a una mujer, a un hijo, que agonizaban en casa. Juan respondía que rezaría por ellos, pero nadie volvía para decirle si sus oraciones habían surtido efecto. Un día un hedor a muerte lo sacó de sus meditaciones y se puso en pie, decidido y halagado, pues pensó que el diablo había ido a tentarlo. Poco después asomó sobre el borde de la hondonada una carreta cargada de cadáveres. El conductor y el hombre que lo acompañaba, los dos embozados, maldijeron al ver a Juan y uno incluso propuso arrojar los cuerpos a la hondonada pese a su presencia, pero finalmente la carreta dio media vuelta.

La peluca roja de la madre palpitaba. Juan sentía sus pulsaciones en los tímpanos y en los dientes. Los porteadores lo miraban sin recato. Su presencia desequilibraba la hondonada. El estilita se agarró a la cuerda. Su padre había muerto.

Preguntó si se le había dado cristiana sepultura. Su madre asintió. Hacía tres días. No había muerto por la plaga, sin embargo. Había sido un accidente absurdo. Unas amistades habían acudido a casa para una celebración. Dado que todos iban a morir, querían despedirse de forma apropiada. El padre de Juan había muerto avanzada la noche, durante un receso del festejo, ahogado con un trozo de comida.

Juan alzó una mano, tajante. No quería saber más. Imaginaba lo sucedido. No quería oírlo de boca de su madre. Se irguió como en lo alto de un púlpito.

El festejo había degenerado en bacanal. Por la noche, mientras los demás dormían entre vino derramado y restos de budín cartaginés y lechón relleno de hojaldre y miel, o balbuceaban borrachos, o fornicaban, su padre se había tambaleado hasta una fuente, había arrancado un muslo a un ave asada y le había dado el mordisco fatal. Ni siquiera tenía hambre. Murió entre los ronquidos y los gemidos y las flatulencias de sus amistades, que no se percataron de lo sucedido. Lo descubrió su esposa al despunte del amanecer. Salía de la habitación donde había yacido con un auriga del hipódromo. La madre de Juan llevaba una túnica confeccionada para la ocasión. Los tirantes se unían mediante un prendedor entre los pechos, dejándolos al aire; la tela colgaba a los costados de las piernas, a la vista las partes delantera y trasera. En realidad la túnica no cubría nada. La madre de Juan llevaba los pezones pintados de rojo y el vello del pubis teñido del mismo color. Al inclinarse sobre su esposo, ya difunto, y susurrar su nombre, dejó ver un círculo de tintura escarlata alrededor del ano. La madre de Juan no se percató de que se había convertido en viuda. Pensó que su esposo dormía y lo dejó descansar. Fue en busca de vino con que saciar la sed que la había despertado.

El estilita deseó tener un látigo tan largo como para azotar a su madre desde la cima de la columna. Hijo mío, repitió ella con voz ronca. Juan preguntó qué quería de él.

Su madre esperaba que volviera. Necesitaba a su hijo, no solo para que ocupara el puesto del padre al frente de la casa, también para que le sirviera a ella de guía, para ayudarla a volver a la senda correcta. Con su amparo estaba segura de conseguirlo. Le propuso alejarse de la ciudad, los dos, ponerse a salvo de la plaga en unos baños, allí él podría instruirla. ¿La acompañaría?

No. Ella sabía bien lo que debía hacer para enmendar su comportamiento. Alejarse de la emperatriz Teodora, la que ansiaba ser nada más que un orificio. Dejar de frecuentar el hipódromo.

Y la muerte del padre era un castigo justo. El padre que apoyó al bando azul en la revuelta de Niká, cuando ardió la antigua Santa Sofía, cuyas llamas jaleó. El padre que se enriqueció suministrando mármoles para el nuevo templo.

El padre que levantó para ti esta columna, replicó la madre, y que trepó a una escalera para que le dieras la comunión. El padre que dejó sin explotar la tierra que te rodea para que a solas alcanzaras una gracia mayor.

Luego la madre preguntó: ¿Me das la espalda? ¿Una vez más?

Este es mi sitio.

Ella miró los excrementos del suelo, la cesta vacía y cubierta de polvo al pie de la columna.

¿Prefieres este martirio voluntario a mi compañía?

El estilita asintió.

En ese caso, ¿no apreciaría tu Dios que bajaras de esa columna, me tomaras del brazo y pusieras orden en tu casa? ¿No sería un sacrificio mayor, más estimable a Sus ojos? ¿Mi Dios? ¿Acaso no es el tuyo?

¿El Dios portador de la plaga? ¿El que me ha dejado viuda? No. Ya no es mi Dios.

Y luego añadió: A no ser que me convenzas de lo contrario. Estoy deseosa de escucharte. Nunca lo he necesitado más. He reservado las mejores habitaciones en los baños. Nadie te molestará. Tienes mi palabra. Todos respetarán tus oraciones. Ven con tu madre. ¿Ver el mundo desde ahí arriba no te ha vuelto proclive al perdón?

La madre y los porteadores supieron que el estilita dudaba.

El estilita iba a hablar pero, de pronto, sintió algo en la boca. Lo tocó con la lengua. Era pequeño y duro. Lo dejó caer en el hueco de la mano, sorprendido y un poco asustado. Uno de sus dientes. Estaba marrón y desprendía un olor nauseabundo. Se lo acercó a la cara para verlo mejor y lo retiró de inmediato. La madre, a la espera de una respuesta, no sabía qué estaba pasando.

Al apartar el diente, se le escapó de la mano. Trazó un arco en el aire. Descendió hacia la mano de la madre, extendida en gesto de súplica.

Antes de que la alcanzara, un gorrión lo atrapó al vuelo y se alejó de la hondonada con él en el pico.

El estilita miró incrédulo en la dirección por donde había desaparecido el pequeño pájaro. Al igual que el diente, parecía haber surgido de la nada y en el instante preciso. Dios lo había enviado para impedir que cualquier parte de Juan, por minúscula que fuera, regresara con su familia.

La madre miraba en la misma dirección que él, confusa y molesta.

El estilita meneó la cabeza.

Ahora esta es mi casa.

¿Lo es? ¿Estás seguro?, preguntó la madre. Y luego dijo: No volveré. No me humillaré suplicándote.

Rezaré por ti.

No te molestes, dijo ella, y regresó a paso vivo a la litera.

Antes de irse, dejó caer un bulto envuelto en tela, que se abrió al golpear el suelo. Pan, pescado seco y queso. La comida quedó esparcida frente al pilar. A una orden de la madre, la litera se puso en movimiento. Con cada paso de los porteadores, la hondonada se reacomodaba, el zumbido en los oídos del estilita se aplacaba, disminuía el calor. Cuando la litera alcanzó la cima y dejó de verse, Juan sintió relajarse todo su cuerpo. Desapareció uno de los jinetes armados, a continuación el otro, como dos notas musicales rezagadas que zanjan una canción. Juan contempló la hondonada como si pasara revista a las piedras. Regresó al centro de la plataforma y se arrodilló. Ya no sentía hambre. Dio gracias a Dios. Un momento después oyó aleteos y gorjeos. Los pájaros se arremolinaban sobre la comida y él se regocijó por ellos.

La plaga había causado un rebrote de lo religioso, así que no tardó en recibir otra visita, un tullido que sí dejó algo en la cesta. Juan le regaló su bendición y lo invitó a reflexionar sobre las diferencias entre la fe y la credulidad. Esa visita y las que la siguieron le llevaron noticias. Justiniano se encontraba mejor. La vida abstemia y las vigilias lo habían salvado de la plaga. El estilita no deseaba saber. Los visitantes, sin embargo, estaban ansiosos por hablar, encadenaban informaciones, rumores y opiniones; parecían acudir a la hondonada para contarle lo que sucedía en la ciudad, no en busca de bendiciones ni consejos. La emperatriz Teodora, ante la perspectiva de la viudez, había procedido a una purga del Gobierno. Torturaba a senadores y obispos. No importaba que la plaga los aquejara; la tortura se sumaba a la enfermedad. El dolor y el delirio abrían la puerta a las confesiones. Los latigazos, se contaba, reventaban los bubones y esparcían las lentejas negras de su interior. Los torturadores desempeñaban su labor tan aterrados como las víctimas.

Juan se debatía entre la compasión por los enfermos y sus familias, y el deleite de saber que la población de Constantinopla, del mundo, estaba siendo diezmada. Un acontecimiento de tales proporciones solo podía responder al designio divino. Era lo más próximo a un portento de lo que había sido testigo desde que se encaramó a la columna. Sus oraciones eran genéricas, por los vivos y los muertos. Al concluir, abría los ojos y agradecía no ver más que piedras.

Lo atormentaba la idea de que el suelo se licuara, convertido de pronto en arenas movedizas, y se tragara la columna. Temía que la vanidad mostrada en los suntuosos edificios de la ciudad motivara fuegos subterráneos y movimientos de tierras. Cedía al falso flagelo de las visiones apocalípticas. El suelo temblaba y se abría una grieta en la que se hundía un violador en el curso de su crimen. Caía a la oscuridad sin cesar de fornicar.

Una mañana lo despertó un golpe en la base de la columna. Se asomó al borde de la plataforma y vio un cerdo que, aturdido, se ponía en pie. El animal comenzó a subir la pendiente por la que había caído rodando. La cuesta era demasiado acusada. Resbalaba y volvía a rodar. Juan lo contempló preguntándose qué enseñanza debía extraer, hasta que un niño bajó corriendo y ayudó a subir al cerdo empujándolo por las ancas, a la vez que, de reojo, miraba atemorizado al estilita. Otros cerdos se habían asomado al borde de la hondonada. A partir de entonces, Juan tuvo que convivir con ellos. Su madre había dado utilidad a aquellas tierras.

Los gruñidos de los cerdos lo acompañaban todo el día. Se planteó como un sacrificio el aceptarlos. Los convirtió en el canturreo de Dios. Llegaron a gustarle.

Cuando caía la noche y los cerdos callaban, era aún mejor.

Algo se acercaba. Sus pasos eran diferentes a cuanto había sentido hasta entonces. Los cerdos enmudecieron. Unas piedras rodaron pendiente abajo. Apareció un elefante. Lo guiaba un cornac a horcajadas en el cuello. Sobre la espalda del paquidermo, una barquilla con un hombre.

El elefante bajó a la hondonada asegurando cada paso, las patas traseras tan flexionadas que la cola barría el suelo. Cuando se detuvo, el hombre de la barquilla se puso en pie para estar más próximo a Juan. Escrutó al estilita. Se presentó y, señalando a su alrededor, añadió que ahora aquellas tierras eran de su propiedad. La madre del estilita se había casado con él. Se habían conocido mientras se resguardaban de la plaga. El hombre llevaba el pelo largo y las mangas ceñidas, distintivos del bando azul. La madre había vuelto a elegir el grupo favorecido por Justiniano.

Al estilita le incomodaba la cercanía desde la que le hablaba aquel hombre, casi podría tocarlo si estiraba el brazo.

Su padrastro suministraba animales, osos, toros, tigres…, para los combates en el hipódromo, espectáculos muy populares desde la prohibición de los gladiadores. A los trabajadores del hipódromo se los consideraba indignos de la comunión y ellos replicaban al cristianismo con desdén. El padrastro, no obstante, se dirigía a Juan con respeto. Respeto pero no humildad. La ausencia de humildad y lo expedito caracterizaban su forma de llegar a acuerdos.

Preguntó a Juan cuánto tiempo llevaba allí.

Tres años.

¿Has hecho milagros?

El padrastro había oído de anacoretas que hacían flotar el hierro y que curaban a enfermos.

¿A cuántos has curado tú?

El estilita dijo que solo Dios lo sabía.

Entonces, ¿a ninguno?, dijo el padrastro, decepcionado. La plaga te ha dado muchas oportunidades.

El estilita dijo que había rezado por los enfermos. La curación quedaba en manos de Dios.

Mientras hablaban, el elefante tanteaba la columna con el extremo de la trompa. La olfateaba de arriba abajo. Se acercó y se restregó contra ella. La columna se tambaleó. Juan se agarró a las cuerdas, aterrado. El cornac castigó la nuca del paquidermo con un focino y lo hizo retroceder.

El padrastro se disculpó. Dijo admirar el sacrificio del estilita. Él no sería capaz de nada similar, ni de mucho menos. Miraba a Juan con tanto interés como al más raro espécimen que le hubieran llevado sus proveedores.

Le preguntó si añoraba el tiempo en que podía dar más de dos pasos en la misma dirección sin caer al vacío.

No.

Le preguntó hasta cuándo estaba dispuesto a seguir allí arriba.

El estilita dijo confiar en que sus huesos se blanquearan en lo alto de la columna, sin nadie que los perturbara, ignorados por personas, por aves, incluso por el polvo arrastrado por el viento.

Tu madre quiere expulsarte de aquí. Quiere levantar una villa.

Mi padre le construyó una villa.

Esta se la construiré yo. Y ella la quiere aquí.

El estilita preguntó si su madre lo había enviado para echarlo. No era necesario un elefante para conseguirlo.

Tu madre no sabe que he venido. Podemos resolver esto entre tú y yo.

El estilita no era hábil negociando. Su trato con otras personas se reducía a los suplicantes, ante quienes debía aceptar lo que le ofrecían y para quienes la palabra de él no admitía réplica.

¿Adónde irías si tuvieras que abandonar este sitio?

El estilita dijo que Dios se lo señalaría.

En ese caso, reza para que lo haga pronto. Cuando lo sepas, díselo al porquero. Él me avisará y yo te levantaré otra columna donde desees. Tienes mi palabra.

Donde Dios lo desee.

El padrastro acarició el borde de la barquilla, cavilando.

¿Dios te habla?

Todos los días.

¿Qué te dice?

Sus palabras no están destinadas a satisfacer la mera curiosidad. Son bálsamo. Son guía y fin. Son privilegio.

¿Te hace saber que te hallas en la buena senda?

De otro modo no podría vivir como vivo.

¿Te encuentras, por tanto, más próximo a Él de lo que me encuentro yo?

Creo que conoces la respuesta a tu pregunta, dijo el estilita.

El padrastro asintió. No cabía duda, dijo, ¿pero cuán próximo a Dios estaba el estilita?

La senda es larga y me falta mucho por recorrer.

¿Cómo se hace sentir Dios en ti?, quiso saber el padrastro. ¿Cómo se vierte a través de ti? ¿Cómo te emplea para Sus propósitos? ¿Eres ejemplo de servidumbre alzado a la cima de esta columna? ¿La oración y la abstinencia te han acercado de veras a Él, o la altura de tu columna es cuanto te elevas sobre el resto de pecadores?

El estilita cerró los ojos, meditando una respuesta única y concluyente para todas las preguntas. El padrastro paseó por la barquilla como si lo hiciera por la terraza de su casa, con las manos entrelazadas a la espalda.

Llegan historias de un estilita que vive en las estribaciones de los montes Tauro, dijo el padrastro antes de que Juan hablara. Su pelo, largo hasta los pies, es su único hábito. Las serpientes han emigrado de los alrededores de su columna. Cura a distancia. Insufla un don temporal a los suplicantes. Luego ellos regresan a sus casas e imponen las manos sobre el familiar moribundo y este se pone en pie y brinca y baila. Es un emulador de Simeón. Para algunos, más que un emulador. Al parecer ha cubierto mucha más distancia que tú en la senda. Su columna se alza en la vertiente de Anatolia, al sur de Heraclea. En cuanto sepas adónde deseas ir, repitió, házmelo saber. No te demores. Cuando tu madre resuelva expulsarte, no traerá compensaciones consigo. Contratará a una banda de harapientos que te hará bajar a pedradas.

Días después un carromato tirado por dos acémilas y cubierto con una lona se detuvo al pie de la columna. Un conductor mudo apoyó un extremo de una escalera en la plataforma del carromato y el otro en la columna, para que el estilita bajara sin tocar el suelo. Aun así descendió presa de temblores, sintiéndose cuestionado desde las alturas. Se acurrucó bajo la lona, que el conductor cerró en cuanto hubo retirado la escalera. Juan apretó los párpados. Sentía el suelo demasiado cerca.

Tras dejar atrás la hondonada, cuando el carromato alcanzó un camino y la marcha se volvió menos accidentada, se aventuró a abrir los ojos. Vio una manta, una calabaza hueca llena de agua y un cuenco de dátiles. Se llenó la boca de comida. Dejaba caer los huesos por debajo de la lona, padeciendo desde tan pronto la añoranza por la columna que había abandonado.

Esta permaneció en pie diecisiete años más. La madre de Juan nunca ordenó construir la villa. El terremoto que un amanecer del año 558 derribó la cúpula de la nueva Santa Sofía también hizo caer la columna. La cúpula que simbolizaba la bóveda celeste se vino abajo antes, pero la demora del sonido en llegar a la hondonada causó que el estruendo se oyera en el instante en que se derrumbó la vieja columna. Para entonces hacía ya mucho tiempo que Juan no pensaba en ella.

Vivió semanas en el carromato. En aquel espacio cerrado fue consciente por primera vez en años de lo mal que olía.

Ahora formaban parte de una caravana. Ni siquiera se dio cuenta de en qué momento se les unió la otra gente. Los demás vehículos iban tirados por bueyes y transportaban las piezas de una nueva columna y de un trispasto. Nadie le dirigía la palabra pero Juan identificó una docena de voces. El mudo le llevaba comida y agua, retiraba los platos vacíos, y un día le dejó una palangana con agua templada y una esponja. Era el único que se le acercaba y nunca lo miraba a los ojos, obedeciendo las órdenes del padrastro. No obstante, a Juan le era imposible ignorar su presencia, separados durante las largas jornadas de camino por solo la lona del carromato. En los tramos dificultosos, se tensaba a la espera de los gritos guturales con que el mudo arreaba las acémilas. El carromato de Juan cerraba la caravana, lo que volvía más llevadero el momento de hacer sus necesidades asomándose a la parte trasera. Cuando abandonaron los caminos y entraron en las montañas, en ocasiones las ruedas de un vehículo se atascaban en el terreno irregular y Juan oía rezongar y gritar a los hombres mientras aligeraban la carga y empujaban para sacar el carromato, a veces tras uncir un tiro adicional. Al detenerse por las noches, dejaban el carromato de Juan apartado del resto. El olor de la comida que se cocinaba en la hoguera le hacía babear como a un perro.

Durante los primeros días sobrellevó el viaje diciéndose que se alejaba de Constantinopla. Con cada curva del camino disminuía el ruido, como el de una ola que nunca terminara de retirarse de una playa de guijarros, que sonaba dentro de su cabeza y que llevaba oyendo tanto tiempo que ya apenas se percataba de él. Pero a la vez crecía la presencia de los otros miembros de la caravana. El volumen de sus voces aumentó y sus pies golpeaban el suelo como si calzaran botas de hierro. Juan conocía la posición de cada uno en todo momento. Los veía a través de la lona y de los párpados cerrados.

La caravana evitaba los pueblos, pero cuando pasaba cerca de alguno los vendedores y los mendigos abandonaban a la carrera sus puestos y cobijos y perseguían a los carros reclamando su atención a gritos.

Juan recurría a la oración como si se tratara de una estancia de muros sólidos donde hallar refugio. A fin de alcanzar la serenidad necesaria para concentrarse en los santos misterios, imaginaba que levitaba. Se distanciaba del suelo y sus pobladores, elevándose en un cielo diáfano y cálido, el cuerpo recto, los brazos levemente abiertos, las palmas mirando hacia fuera, una sonrisa dichosa. Dios su única compañía, invisible, inasible, recóndito en su proximidad. Solo el rezo lo hacía presente. Omnipresencia lábil. Levedad que se escondía en la levedad de las nubes. El relajo llevaba a Juan a pasar por alto lo que había, quizás, de irrespetuoso en sus pensamientos. Levedad. Esconderse. Dios rebajado a retazos.

Se alejaba más y más en el pensamiento, huyendo de sus esforzados pero vocingleros acompañantes. Recordó una cueva en que se había adentrado al comienzo de su vida de anacoreta, antes de trepar a la columna. Había pensado morar allí a semejanza de un animal. Su antorcha iluminó mechinales perforados en las paredes de roca, huecos en el suelo donde ya no quedaba rastro de las hogueras que albergaron, pinturas borrosas, ocres y negras, en las que solo acercando la vista y siguiendo los contornos con el dedo intuyó cuadrúpedos de gigantescas cornamentas. Los vestigios desvaídos de quienes vivieron allí volvían el lugar más solitario que si hubiera encontrado nada más que piedra, polvo y guano de murciélago, proclamaban la ausencia. ¿La proclamaban asimismo las improntas de Dios que creía ver, o acaso imaginaba, efímeras, temblorosas, condicionadas, como un espejismo? Lo asaltó la idea de la extinción de Dios, de su consunción y muerte en tiempos arcanos. De su inexistencia. La medida de la soledad que eso implicaba retumbó en todo su ser, cancelando cuanto lo rodeaba. Juan perdió el contacto con la plataforma del carro. El vaivén de la marcha desapareció. Todo quedó en silencio. De inmediato apartó de sí la idea, atemorizado y avergonzado, y volvieron las voces de sus acompañantes. La atrición lo hizo abrazarse a sí mismo. Los dedos de una mano tocaron los de la otra en el centro de la espalda, tan delgado estaba.

Se detuvieron a media mañana, demasiado pronto para comer. El mudo golpeó el pescante con los nudillos. Juan escuchó, alerta. Los demás carromatos también se habían parado. Otro golpeteo, más apremiante. Juan entreabrió la lona y vio un paisaje rocoso y escarpado. Se puso en pie en la plataforma, medio cuerpo fuera de la lona. No había nadie a la vista, salvo los hombres de los otros carros: peones y un ingeniero, que lo contemplaban a la expectativa. El silencio y la intensa luz los hacían parecer una pintura descolorida.

¿Dónde está él?, preguntó Juan.

El carretero mudo señaló en una dirección. Una pequeña colina se interponía e impedía ver nada.

¿A qué distancia?

El ingeniero se acercó y respondió. A continuación Juan cerró los ojos y juntó las manos en actitud de recogimiento. Oyó un zumbido. Parecía provenir de las piedras. Al girar la cabeza el zumbido variaba, suave, agudo, más agudo, tan agudo que dejó de oírlo. Las acémilas y los bueyes menearon la cabeza y se quejaron.

Abrió los ojos, señaló un lugar y dijo: Allí.

El ingeniero observó el sitio y negó con la cabeza.

Es mejor allí, dijo señalando otro punto, a cierta distancia. Está más nivelado y es más firme.

Me ha sido señalado, dijo Juan.

No lo dudo, señor, contestó el ingeniero. Todos hemos sido testigos. Pero estáis fatigado por el viaje y podéis haber malinterpretado la señal divina. Yo creo, humildemente, que el sitio señalado es ese, dijo indicando el punto elegido por él.

¿Desde ahí veré al otro estilita?

El ingeniero dijo que cuando Juan estuviera en lo alto de su columna lo vería, al otro lado de la colina.

Juan asintió y volvió a meterse debajo de la lona para dar gracias a Dios. Por fin tendría a alguien que le enseñara a estar solo.

El estilita viejo habitaba una columna monolítica. No quedaba más rastro de la edificación de la que formó parte en otro tiempo. Que la columna siguiera allí podría interpretarse como un propósito divino. Una piel de carnero atada en torno a la cintura era toda la vestimenta del estilita viejo, que solo la llevaba como concesión a sus suplicantes, pues a algunos les incomodaba la desnudez completa. En las noches más frías se cubría con otras dos pieles, cosidas con tendones, que formaban una suerte de capote. Las costuras eran torpes y debían rehacerse con frecuencia.

Una mañana, al despertar, se puso en pie y giró trescientos sesenta grados saludando al horizonte. Al otro lado de una colina vio asomar una columna tan blanca que reflejaba el brillo del sol naciente. El fuste era liso y se ensanchaba levemente en el centro para proporcionarle mayor esbeltez. Durante los días previos el estilita viejo había visto cómo un grupo de trabajadores la levantaba. Esa mañana los trabajadores habían desaparecido y en la plataforma plantada sobre el capitel un hombre hacía flexiones doblándose por la cintura y tocándose las puntas de los pies con las manos. Lo observó con curiosidad, hasta que el otro estilita interrumpió sus ejercicios y quedó inmóvil, mirando hacia él. No estaban tan alejados como para que el estilita viejo no distinguiera una vasija y una cesta en la plataforma de su nuevo vecino. Quizás no solo estuvieran al alcance de la vista sino también al de la voz. Sin embargo, al estilita viejo no le interesaba comprobarlo. Bebió un poco de leche de cabra, que ya empezaba a agriarse, y se entregó a sus oraciones matutinas hasta que aparecieron los primeros suplicantes del día. Llegaban fatigados. No había pueblos en las proximidades. Algunos viajaban durante varias jornadas para verlo. El estilita viejo atendía a todos con la misma inclinación y llaneza, al margen de la gravedad de sus súplicas, la conveniencia de sus dudas y la humildad de sus ofrendas.

Había momentos en que los suplicantes se acumulaban. El estilita viejo los atendía de uno en uno, mientras el resto aguardaba en grupo a distancia respetuosa, callados o conversando en susurros. Aquella mañana el estilita viejo no dejó de observar que las conversaciones eran más animadas que de costumbre y vio a varios señalar hacia el otro lado de la colina. Algunos suplicantes, tras recibir la bendición, pedían permiso para besar la columna, como si de una reliquia se tratara. El estilita viejo siempre se lo concedía y lo agradecía. Había visto su columna en un sueño y de inmediato había partido hacia ella. Desde entonces moraba en su cima. Habría hecho lo mismo si, en lugar de entre montañas, la columna se hubiera alzado en el centro de un bazar.

* * *

En las horas centrales de la tarde, momento en que los suplicantes le concedían un descanso, fue a verlo Una. Como sucedía siempre, la chica apareció sin advertencia previa, causando un leve sobresalto al estilita viejo, que nunca la veía acercarse. Ella se rio y él se acarició la larga barba, divertido también. Cuando ella lo visitó por primera vez, el estilita viejo pensó que era una niña que comenzaba a convertirse en mujer, o bien una joven de rostro y formas aniñadas. Pasaron los meses y la apariencia de ella no varió, así que el estilita viejo acabó decantándose por la segunda idea.

Con el tiempo había llegado a pensar que, al igual que su cuerpo, la mente de Una también había interrumpido su desarrollo. En ocasiones, desde lo alto de la columna, la veía deambular por los alrededores, hablando y riéndose sola. Se sentaba en una roca y jugueteaba con unas piedrecillas o se contemplaba las uñas sin dejar de mover los labios, hasta que se quedaba dormida con la barbilla apoyada en el pecho. Y aunque esas veces, al igual que él podía verla a ella, Una podía verlo a él, la chica ignoraba por completo al estilita viejo, ni siquiera miraba en su dirección. En sus visitas, Una le contaba versiones contradictorias sobre su vida: que vivía con sus padres, que sus padres habían muerto asesinados por unos vecinos envidiosos y que ella vivía ahora con una hermana mayor y tiránica, o que se había escapado de unos bandidos que la tenían secuestrada y vivía sola en una cueva… Nunca había formulado al estilita viejo ninguna súplica.

Una se presentó con una cabra. El estilita viejo bajó su vasija, prendida a un gancho en el extremo de una cuerda, y ella la tomó y se acuclilló junto al animal. Ordeñó a la cabra con destreza, haciendo que los chorros de leche entraran por la estrecha boca de la vasija. El estilita viejo veía las vértebras de la chica, protuberantes bajo la delgada túnica. Una decía ser pastora, pero solo cuando lo visitaba la había visto el estilita viejo en compañía de alguna cabra. Cuando la veía a lo lejos, siempre estaba sola, no había ningún rebaño a su alrededor. No le extrañaba. Quien viviera con Una seguramente consideraría un riesgo excesivo asignar esa responsabilidad a alguien tan ensimismado. Distraída con sus fantasías, Una podría extraviar varios animales cada día.

Mientras ordeñaba, ella le contó cosas de su vecino.

¿Has hablado con él?, preguntó el estilita viejo.

Ella respondió que no, pero había oído lo que otros decían. El nuevo estilita se llamaba Juan. Antes había ocupado otra columna, cerca de Constantinopla. Parecía sorprendido y algo molesto por recibir tanta atención en su primer día allí. Varios de los suplicantes del estilita viejo se habían detenido a visitarlo también a él. Parecía muy devoto, repetía que solo buscaba la proximidad a Dios y que para ello pretendía asemejarse lo más posible a un animal, incluso a una roca, a una duna que se desplaza por el desierto en virtud del capricho del viento. Lloraba de arrepentimiento por el gusto que a veces le daba cagar y mear. Lamentaba el alivio del sudor. Pero más que responder a las preguntas de los visitantes, los había interrogado sobre él, el estilita viejo.

¿Qué quiere saber?

Cuánto tiempo llevas aquí. Si has hecho milagros. Si tus respuestas traen la paz.

Mientras escuchaba, el estilita viejo miraba hacia la otra columna. Su vecino estaba de rodillas, mirando hacia él.

También quiere saber cómo te llamas.

Mi nombre no tiene importancia. No necesito nombre para que Dios me encuentre. Y solo necesito que me encuentre Dios.

Eso le han contado, dijo Una.

¿Has ido a verlo?

¿Por qué lo preguntas? ¿Te importa cómo es?

El estilita viejo asintió, reconociendo un pecaminoso exceso de curiosidad. Pidió disculpas a Dios. Nada importaba cómo era el otro.

Es joven, dijo Una. Y guapo. Para vivir en una columna.

Terminó de ordeñar y volvió a colgar la vasija del gancho, junto con una cesta con un trozo de queso cubierto por una gasa húmeda. El estilita viejo lo subió todo y tomó un trago de leche, espumosa y aún tibia.

Muchas gracias, dijo. Está muy buena.

Una lo miraba con una sonrisa.

¿Me has echado de menos?, preguntó ella.

Yo no echo de menos a nadie.

Una soltó una risita y se alejó con la cabra. El estilita viejo la perdió pronto de vista. Luego se llenó la boca de queso. Se comió todo el trozo. Cuando tenía comida, la disfrutaba, incluso esperaba las visitas de algunos suplicantes asiduos, especialmente generosos con sus ofrendas.

Durante el resto de la tarde alternó la oración con la atención a algunos visitantes más. Los ojos se le desviaban hacia la segunda columna y su morador. Agradeció la llegada de la noche porque dejó de verlo. Pero experimentó una punzada de contrariedad al pensar que cuando saliera el sol no estaría solo.

* * *

Juan aspiraba a llevar una vida más austera incluso que en la primera columna. Al cabo de unos días había consumido las reservas que su cuerpo había acumulado durante el viaje. Se ponía en pie, muy erguido, con la boca abierta, pero no demasiado abierta, pues sería una muestra de ansia, para que el aire le llevara algo comestible: semillas, tierra.

No se sentía cómodo en su nueva columna. Las pesadillas de caída, que durante el viaje le habían dado tregua, retornaron más vívidas y frecuentes que nunca. Era como si en su interior no se fiara de la solidez del nuevo emplazamiento. En sueños, caía a través de una sima hasta una caverna subterránea cuyas paredes no alcanzaba a distinguir de tan lejanas. La caverna estaba ocupada por un lago y su superficie se zarandeaba como presa de una tempestad. Juan impactaba contra el lago, no de agua, sino de cuerpos humanos. Cuerpos desnudos, de enfermos, de ancianos, de niños con dientes de leche, de mujeres embarazadas, todos con expresiones agónicas, que se debatían para mantenerse en la superficie. Cientos de miles de cuerpos. Muchas veces la población de Constantinopla. Chillando. Y el eco de la caverna multiplicaba el griterío. La presión causaba partos prematuros, y los pequeños, remolcando el cordón y la placenta, se sumaban de inmediato a la pugna. Nadie llegaba a ahogarse. Cuando estaban a punto de expirar, todos asomaban a la superficie a tiempo de tomar otra bocanada de aire. Sobre la masa de cuerpos, como Jesucristo por el lago de Tiberíades, paseaban diablos rojos que los pinchaban con atizadores, obligándolos a sumergirse de nuevo. Juan se hundía, como si su cuerpo fuera de piedra y los demás de brea caliente. Se ahogaba bajo el peso de quienes se acumulaban sobre él. Forcejeaba contra brazos que lo estrangulaban, manos que le arrancaban la túnica, contacto de pieles, de vellos, de uñas, de dientes, de muñones, de pezones, de bocas que a tientas buscaban su boca para robarle el último aliento.

Las visitas que recibía a diario, al límite de sus fuerzas por el viaje o la enfermedad, con los rasgos contraídos por sus cuitas, le recordaban a los rostros del lago subterráneo.

Al instalarse en la nueva columna esperaba observar al estilita viejo y aprender con su ejemplo. No contaba con que algunos de los numerosos suplicantes que acudían al pie de la columna monolítica se detuvieran a la ida o a la vuelta para hablar también con él. Solo su dependencia de aquellas visitas para obtener agua y alimento le hacía responder sus preguntas y rezar por ellos. Aceptaba las ofrendas con culpabilidad, pues sabía que privaba de ellas al estilita viejo. Al principio solo una parte de los suplicantes reservaba una porción de sus ofrendas para el estilita recién llegado. Se acercaban a él con curiosidad y recelo. Contemplaban admirados la columna, flamante y más alta que la del estilita viejo. Acariciaban la superficie pulimentada. Para algunos la juventud de Juan era motivo de desconfianza. Para otros lo era de aprecio. Tan joven y ya tan elevado. Y aquella columna. Veían en ella un reflejo del fervor de Juan: inmaculado, terso, magnífico. Pasaron los días y aumentaron los visitantes de Juan y las ofrendas. Ya que habían hecho el viaje hasta allí, era absurdo irse con una sola respuesta o una sola bendición pudiendo llevarse dos. Las respuestas se confrontaban y la suma de las bendiciones seguro que traía un beneficio mayor.

Que las respuestas de Juan fueran parcas, hoscas, crípticas no desanimaba a los suplicantes. Al contrario. Les parecían más próximas en tono y forma al modo en que debía de expresarse el Dios que envió a una pareja de osos para devorar a los niños que se burlaron de Eliseo por su calvicie. En comparación, las respuestas del estilita viejo, cristalinas y sensatas, se parecían demasiado a lo que los suplicantes podrían decirse a sí mismos tras una breve reflexión.

Juan se había fijado en una niña que deambulaba por la zona cuando no había suplicantes a la vista. Debía de vivir por los alrededores. Varias veces la había visto ir a la columna del estilita viejo en compañía de una cabra. La colina que se interponía entre las columnas no le dejaba ver qué hacía allí la niña, pero sí cómo el estilita viejo conversaba con ella y cómo bajaba su vasija y luego la subía y bebía. La niña tenía cabras y le llevaba leche. Juan observaba con interés. Perdía la noción del tiempo mientras miraba al estilita viejo. A veces se enfrascaba tanto que, inconscientemente, daba unos pasos, en busca de acercarse más, y solo la cuerda que rodeaba la plataforma lo salvaba de estrellarse contra el suelo. Apartaba la mirada cuando el estilita viejo hacía sus necesidades y cuando comía. Si el otro se postraba a rezar, Juan desviaba la vista, esperaba unos instantes y volvía a mirar, con mayor atención que en ningún otro momento. No oía los rezos del estilita viejo, así que tenía que conformarse con observar su actitud, con medir la duración del rezo mediante el arco que recorría el sol en el cielo, con escrutar el paisaje en busca de alguna señal indicativa del agrado de Dios.

A veces la niña rondaba la columna de Juan. En una ocasión en que ella llevaba largo rato subida a una roca, mirándolo fijamente, él la saludó con la mano. Era algo que no acostumbraba a hacer. No buscaba que ella se acercara, sino interrumpir su inmovilidad y su mirada, que le incomodaban.

Surtió efecto, la niña se movió. Miró hacia la otra columna. Juan miró también. El estilita viejo los observaba. La niña se acercó a Juan.

Me llamo Una.

Hola, Una. ¿Vives por aquí?

Ella se encogió de hombros.

¿Eres pastora?

¿Por qué lo preguntas?

Te he visto con cabras. Vas adonde él, dijo Juan señalando la columna vecina.

¿Entonces me has estado mirando?

Desde aquí lo veo todo.

¿Y por qué has venido aquí? Ya tenemos un estilita.

Busco aprender de él. Que sea mi guía. Crecer a la sombra de su ejemplo.

¿Qué ejemplo? Se pasa el día allá arriba sin hacer nada.

No puedes entenderlo.

¿Por qué no me lo explicas? ¿Por qué te subiste tú a una columna?

Juan le dio la respuesta habitual: distanciarse de lo terrenal en busca de la proximidad a Dios.

Una asintió.

¿Para encontrar la proximidad de Dios, no es Dios suficiente guía? ¿Puede haber una luz más potente que te oriente, una voz más clara?

Juan la escuchó sorprendido y se descubrió sonriendo. No recordaba la última vez que había sonreído. La chica sonrió a su vez.

Son cosas que cuenta el viejo, dijo Una. Si lo que quieres

es aprender de él, ¿por qué no vas a hacerle preguntas como los demás?

Esta forma es mejor.

¿Qué has aprendido de él hasta ahora? ¿Ha merecido la pena que vinieras, que construyeras una columna? Es muy bonita.

Gracias.

Es más grande que la de él. Algunos piensan que la construiste tú. Que la hiciste crecer como un árbol. Que plantaste una guija y brotó una columna. Pero yo vi a los que la construyeron.

La columna no es importante.

¿No lo es? A mí la tuya me gusta más que la de él.

A continuación Una le recordó que aún no le había dicho qué había aprendido del otro estilita.

Paciencia, dijo Juan.

Si quieres, yo te puedo contar cosas de él. Lo conozco bien.

Juan volvió a sonreír.

¿Cómo se llama?

No tiene nombre. Lo perdió hace mucho. Ya no lo necesita. Dice que el nombre es una muela de molino atada al cuello cuando buscas elevarte hacia Dios. ¿Tú no quieres parecerte a una piedra? Las piedras no tienen nombre, son solo piedras. ¿Cómo te llamas?

Juan, dijo lamentándolo, pues era un nombre autoasignado, que se sumaba al que le habían dado en el bautismo. Dos nombres. Dos muelas de molino.

Ahora me tengo que ir. Otro día te contaré más cosas de él. ¿Quieres que cuando vuelva te traiga leche de mis cabras? A él le gusta mucho mi leche.

Si la traes, la aceptaré agradecido.

Te la traeré si me acuerdo, dijo ella. Adiós, Juan.

Mientras observaba cómo Una se alejaba, pensó que quizás no fuera tan niña como parecía. Luego miró hacia la otra columna y se encontró con la mirada del estilita viejo. A Juan no le cupo duda de que no había dejado de observarlo mientras hablaba con la niña.

A partir de aquel día, Juan vio a Una casi a diario, aunque ella no le llevó la leche, como había dicho que haría. La joven se paseaba por los alrededores hablando sola. Jugaba a tirar piedras pero Juan nunca alcanzaba a ver cuál era el blanco. Iba con una cabra a la otra columna. Resultaba difícil no fijarse en ella.

Juan atendía a los suplicantes. Cuando no había suplicantes, Una se paseaba entre las rocas. Y el estilita viejo siempre estaba allí. No había ni un momento del día en que Juan estuviera solo. No se le pasaba por alto que su presencia perturbaba, a su vez, la soledad del estilita viejo. Se dijo, no pudiendo decírselo a su vecino, que cuanto antes aprendiera todo lo que quería aprender, antes se iría de allí.

Vio a Una dormir la siesta. Vio a Una deshacerse los nudos del pelo. Vio a Una levantarse la túnica y orinar, y luego mezclar la orina con la tierra usando un palito y, con el mismo palito, dibujar en el barro resultante. En esas ocasiones Juan miraba al estilita viejo y especulaba sobre si este, desde su columna, también miraba a Una. Ella se había olvidado de llevarle la leche, aunque al otro seguía llevándosela.

Una tarde aparecieron nubes de tormenta. Los suplicantes que esperaban ante las columnas recogieron sus cosas y se fueron a toda prisa. Bajó la temperatura. En cuanto el astro se ocultó tras las montañas, cayeron las primeras gotas. Juan dejó de ver al estilita viejo. A su alrededor todo fue oscuridad, agua y viento. Se sentía dentro de las nubes. En pie en la plataforma, sujeto a la cuerda, era como si la tormenta hubiera desarraigado la columna y esta girara en el aire igual que una brizna de hierba. La lluvia lo golpeaba por un costado. Por otro. Le levantaba la túnica hasta las axilas. El viento, más que viento, parecía una corriente marina. Era tal la fuerza del vendaval que acabó por arrancarle la túnica. Juan se sintió en contacto con Dios. Vio el blanco de Sus ojos en los fogonazos de los rayos y lo llamó desgañitándose. Se le llenó la boca de lluvia. Brincó en la plataforma, pensando que nunca había estado tan próximo a la levitación. Se soltó de la cuerda y el viento lo derribó. Por instinto buscó asidero y dio con uno de los balaústres. Volvió a ponerse en pie. No se veía el suelo en que se apoyaba la columna. El viento trataba ahora de estrangularlo con su propio pelo, ahora formaba un halo con él.

Al amanecer cesaron la lluvia y el viento. El sol encontró a Juan en pie en su plataforma, con la mirada desorbitada y los dientes apretados; el cuerpo tan limpio como si se lo hubieran untado con aceite y rascado con un estrigilo. Tenía una erección. Su vasija estaba hecha añicos al pie de la columna. No había rastro de la cesta donde recogía las ofrendas ni de su túnica.

Durante la noche no había tenido ni un pensamiento para el estilita viejo. Había disfrutado de la tormenta, que, como un telón que ocultó el mundo, le había permitido estar solo por completo.

Miró con desagrado hacia la otra columna, preguntándose cómo habría vivido el estilita viejo el acercamiento divino. ¿Qué otra cosa era la tormenta más que el rebufo de las idas y venidas de Dios? El viejo estaba tendido boca abajo, inmóvil, como si buscara abrazar la erosionada cúspide de su columna. Parecía un náufrago al que una tempestad hubiera arrojado contra un arrecife poco acogedor. ¿Estaba muerto? Pese al renombre de su gracia, ¿la proximidad de Dios lo había achicharrado? Por el contrario, Juan se sentía henchido. El tránsito divino le había insuflado una energía como nunca antes había sentido.

Cuando vio que el estilita viejo se incorporaba torpemente, Juan lamentó que su victoria se esfumara.

Hola, Juan.

Al pie de la columna estaba Una. No la había visto acercarse. La acompañaban dos cabras.

He encontrado esto, dijo ella mostrándole su cesta, todavía con la cuerda anudada al asa. Estaba por allí.

Miraba fijamente a Juan, que se cubrió la erección con las manos. Una no le había llevado su túnica. ¿La había encontrado y había preferido dejarla donde estaba?

¿Quieres un poco de leche?

Ella vio los restos de la vasija del estilita y sacó de su zurrón un cuenco de madera, pulido y casi blanco después de muchos lavados con arena. Se levantó la túnica por encima de las rodillas para que no la molestara al acuclillarse y ordeñó una de las cabras bajo la mirada de Juan. Cuando terminó desenrolló la cuerda de la cesta y se la lanzó al estilita. Hicieron falta tres intentos para que él la atrapara, y Juan tuvo que usar las dos manos, dejando a la vista la erección. Una se rio. A continuación colocó el cuenco de leche en la cesta y el estilita la izó, para lo que de nuevo necesitó ambas manos. En cuanto Juan tomó el primer trago se percató de lo sediento que estaba, como si también él fuera un náufrago arrastrado por el mar hasta la costa, revestido de sal por fuera y por dentro. Ya no le importó estar desnudo ante la joven. Apuró el cuenco.

Sabía que te gustaría la leche de mis cabras. Adiós, Juan.

¿Adónde vas?

Con él, respondió ella como si estuviera claro. Él también tiene sed. ¿Quieres que le diga algo de tu parte?

A Juan no se le había ocurrido que Una podía servirle de vía de comunicación con el estilita viejo. Ni siquiera se había planteado comunicarse con él. Le bastaba con contemplarlo desde la distancia. Miró hacia allí. El estilita viejo lo miraba también, sentado en su columna, con las piernas flexionadas y los brazos apoyados en las rodillas. Su postura podía ser reflejo de calma o de desaliento. A veces Juan deseaba estar un poco más cerca de él para distinguir la expresión de su rostro.

No. Ve con él.

Antes de partir, la joven dijo: Hoy vendrá gente. Seguro que alguien te da algo que ponerte.

Juan rezó hasta que aparecieron los primeros suplicantes; uno, en efecto, le cedió una túnica vieja.

En los siguientes días Juan detestó más que nunca las visitas de los implorantes. Mientras ellos aguardaban bajo la columna, Una no se dejaba ver. Juan se sorprendía interrumpiendo el rezo para comprobar si ella andaba cerca. Vigilaba la columna del estilita viejo. Este no parecía haber alterado sus hábitos; si acaso miraba menos hacia Juan; lo ignoraba o no le atribuía interés, su presencia reducida a otro elemento del paisaje. Una se dejaba ver menos. Si acudía a la columna de Juan, lo hacía siempre con dos cabras. La leche de una para él y la de la otra para el estilita viejo. Siempre iba a ver a Juan en primer lugar.

¿Por qué nunca vienes si hay más personas?

Os quiero solo para mí.

Un atardecer Una apareció brincando, tomó asiento en una roca y durante largo rato se peinó el cabello con los dedos mugrientos. La colina se interponía entre ella y la columna del estilita viejo. Juan se preguntó si la chica había escogido aquel lugar para que el estilita viejo no pudiera verla mientras que él sí. Juan la miró hasta que llegó la oscuridad, y la oscuridad se llevó a Una.

Cuando se durmió soñó con la joven. En su sueño era también de noche pero Juan veía cuanto lo rodeaba, como si cada piedra y cada arbusto emitiera la luz precisa para iluminarse a sí mismo, o como si en realidad fuera de día pero él mirara a través de una lámina de zafiro. Tranquilamente, caminando a cuatro patas, el demonio se acercó a la columna. Tenía ojillos y hocico de cerdo, y las dimensiones del elefante en el que su padrastro había ido a visitarlo. La mandíbula inferior era más larga que la superior y de ella crecían dos colmillos en forma de tirabuzón. Babeaba profusamente. Su piel era gris y estaba tachonada de rubíes, diamantes y otras piedras preciosas. Hacía un ruido rocoso al caminar. Le cubría la frente un pelo oscuro, corto e hirsuto, que se prolongaba en una lista por el lomo. Avanzaba bamboleándose y olisqueando el suelo. Llegó a la columna y miró a Juan. El poder de una sola de las garrapatas anidadas alrededor de sus ojos bastaría para doblegar cien Romas. El demonio señaló al estilita con una zarpa. Alrededor de él, el aire ondulaba de calor. Y dijo: No quieres ser pescador de hombres. Te burlas del pan vivo.

Sobre una roca apareció Una. El demonio la vio y, haciendo temblar el suelo, trotó hacia ella, que permaneció imperturbable. El demonio tomó asiento y sus ancas, al plegarse, adquirieron la forma y la coloración de un trono de pórfido. Los dos se entregaron a una conversación en una lengua incomprensible, compuesta de tintineos metálicos. Al estilita no le cupo duda de que el demonio era un subordinado de Una, que lo trataba como a un criado hacendoso o un perro. Sin dejar de hablar, Una le acariciaba las piedras preciosas y el demonio entrecerraba los ojillos y se estremecía de placer, formando a sus pies un charco de babas del que brotaban zarzas ardientes.

Juan despertó sobresaltado, hecho un ovillo en el centro de su plataforma. El sol asomaba sobre las montañas. Al abrir los ojos, lo primero que vio fue el punto del paisaje donde, en su sueño, Una conversaba con el demonio, y allí no había nadie.

Estoy aquí, Juan.

Se volvió y Una estaba en la plataforma. Juan retrocedió con tanto ímpetu que la cuerda no pudo detenerlo, se soltó de uno de los balaústres. Juan cayó. Durante el descenso tuvo un atisbo de la chica, que le sonreía desde lo alto. Juan chocó contra algo blando que amortiguó la caída. Oyó un gruñido. Quedó tendido de espaldas, sin comprender qué había sucedido ni dónde estaba. En la plataforma no había nadie. Experimentó un alivio intenso, aunque muy breve. La aparición de Una en la columna debía de haber formado parte de su sueño. Pero si ahora veía la columna desde abajo era porque se había caído. No sabía qué era mejor, continuar inmóvil o levantarse. No sentía ningún dolor, al contrario de lo que se podría esperar. Algo se revolvió debajo de él. Por fin, Juan retrocedió a rastras hasta la base de la columna. Estaba encima de una tela áspera, de debajo de la cual salió,

46

reptando y mascullando, un hombre. Este se puso en pie, tan confundido como Juan. Al ver al estilita en el suelo, retrocedió unos pasos. Entonces el hombre se palpó la cintura, el pecho y la base de la espalda, y su sonrisa aumentaba con cada comprobación.

¡Estoy curado!

El estilita, al que empezaba a atacarlo el horror por verse en el suelo, no comprendía nada.

¡Estoy curado!, gritó el hombre. Y dio unas zancadas, ahora en una dirección, ahora en otra. ¡No me duele!

El suplicante había llegado la noche anterior, aquejado por un dolor de espalda que desde hacía años le obligaba a caminar tan encorvado que casi tocaba el suelo con las manos. Después de que ningún médico consiguiera darle alivio, había emprendido el viaje para visitar al estilita viejo, de quien había oído grandes cosas. No sabía que en la zona hubiera dos estilitas. En la oscuridad había entrevisto una columna y, no queriendo causar molestias a hora tan tardía, se había acercado a tientas, había montado su tienda con sigilo y se había tendido a dormir. La seguridad de que, cuando saliera el sol, sería el primero en recibir las atenciones del estilita le ayudó a sobrellevar el dolor.

¡Es un milagro!

Con lágrimas cayéndole por las mejillas, se abalanzó sobre Juan. Las manos alzadas del aterrorizado estilita lo detuvieron, pero aun así el hombre le cubrió los pies de besos.

Gracias, gracias…

¡Basta! ¡Tengo que subir!

Pero, señor… ¡Habéis bajado para curarme! ¡Cuánto tiempo llevabais sin bajar de vuestra columna! ¡Dicen que años! ¡Y hoy lo habéis hecho para curarme!

La alegría del hombre le impedía percatarse de que Juan era más joven de lo que se decía del estilita viejo. En cualquier caso, no importaba. Al caer sobre él, lo había curado. Su contacto había expulsado el dolor. Al hombre no le bastaba con besarle los pies, subía por las pantorrillas. Juan intentaba zafarse a patadas pero eso no desanimaba al suplicante; cualquier contacto adicional podía afianzar su curación.

¡No! ¡Basta!, suplicaba el estilita. Tienes que ayudarme a subir.

El hombre se levantó de un brinco. Estiró los brazos. Dobló la columna hacia atrás. Flexionó las rodillas. No sentía ni el más mínimo dolor.

Claro, mi señor. Por supuesto. Es lo menos que puedo hacer. Pero… ¿Cómo? No veo ninguna escalera. Supongo que podríais encaramaros a mis hombros, porque ahora puedo soportar vuestro peso y mucho más, pero aun así no alcanzaríais la cima.

Hubo que esperar a que llegaran más suplicantes. Hasta entonces, el hombre reconstruyó su tienda para que el estilita aguardara dentro. Mientras el suplicante hincaba los postes y disponía la lona, Juan permaneció abrazado a la columna, de puntillas y con los ojos cerrados. El suelo quemaba. El hombre no dejaba de hablar. Tenía un puesto de venta de telas en Cesarea. Ahora que podía desenvolverse con soltura, iba a echar al chico que lo ayudaba.

Desde la tienda, Juan informó a los suplicantes de que no escucharía a nadie hasta que volviera a estar en la columna. Dejó que discurrieran el modo de hacerlo. Animados por el hombre sanado, que no cesaba de exhibir su libertad de movimientos, se pusieron a ello con entusiasmo, deseosos de beneficiarse cuanto antes de las dotes milagrosas del estilita.

Arrimaron un carro al fuste y apilaron fardos sobre la plataforma formando una endeble escalera.

Cuando Juan salió de la tienda, lo paralizó el número de personas allí congregadas. Nunca había visto tantas al pie de la columna. ¿Era posible que ya se hubiera corrido la voz? Todos lo contemplaban con avidez. Vio el sistema que habían urdido para que trepara y se abalanzó hacia él. Llegó desde la tienda al carro con tres saltos muy poco dignos. Descartó de inmediato la posibilidad, propuesta por algunos suplicantes, de llevarlo en brazos. El contacto con el suelo nauseabundo era preferible al contacto con otros cuerpos. El montón de bultos era inestable, así que algunos de los presentes subieron al carro para apuntalarlo con sus cuerpos y sostener a Juan mientras se encaramaba. Tantos se subieron, que el eje empezó a crujir, pero todos deseaban una disculpa para tocar al estilita, en la espalda, las nalgas, las pantorrillas, las plantas de los pies, a medida que trepaba. Desde lo alto del apilamiento se estiró y se aferró al borde de la plataforma, a la que se izó en el mismo instante en que el cúmulo de fardos se vino abajo arrastrando a los voluntariosos suplicantes.

Una vez arriba se concedió unos momentos para recobrar la serenidad. Se aseó con el agua de su vasija. Había un silencio pesado, como si se hallara completamente solo pero algo importante estuviera a punto de suceder.

Al otro lado de la colina, el estilita viejo rezaba de rodillas. Juan se preguntó qué habría pensado al ver su columna vacía. ¿Había llegado a percatarse? ¿Le importaba acaso? Se volvió hacia los suplicantes.

Yo os bendigo por la ayuda prestada.

Cuando el último se retiró, decepcionado porque el estilita no había vuelto a dejarse caer sobre ninguno de ellos, ya estaba anocheciendo. Juan masticó sin entusiasmo la comida que le habían dejado. Durante todo el día había deseado que se fueran, pero ahora, quizás por vez primera, la soledad le desasosegaba. Echaba vistazos por encima del hombro y escrutaba el paisaje a la luz declinante. Una no se había dejado ver.

En los siguientes días aumentó el número de suplicantes que visitaban a Juan. Ya no solo acudían a él los despistados o quienes deseaban una segunda opinión tras oír al estilita viejo. Debía atender el flujo principal de visitas, mientras que el estilita viejo se quedaba con menos implorantes cada día que pasaba. Los grupos de gente que se congregaban bajo la columna de Juan no se dejaban intimidar por los exabruptos que les dirigía cuando su presencia se le hacía insoportable. Juan les arrojaba higos y los llamaba parásitos y les gritaba que ellos eran las verdaderas muelas de molino que le impedían elevarse hacia Dios. Los suplicantes se debatían a codazos y puñetazos por los higos y los engullían sin masticarlos. Los creían remedios contra toda clase de mal. A la mañana siguiente, cuando se despertaba, Juan se encontraba con que ya había gente esperándolo, alzando cestas de higos a modo de ofrenda.

Toleraría las visitas si no le pidieran nada, si se limitaran a recibir su bendición, agasajarlo con ofrendas y luego desvanecerse, como hacía Una.

¿Podía prescindir de los suplicantes? Más bien, ¿podía prescindir de lo que le traían? ¿Podía renunciar al sustento material y entregarse a un período de soledad completa y acariciadora, con la esperanza de que, en el último instante, cuando estuviera a punto de expirar de inanición, la gracia divina descendiera a modo de alimento sin par? Pero el estilita viejo no había necesitado deshacerse de los suplicantes. Entonces, ¿por qué tendría Juan que librarse de ellos? ¿Pero qué había conseguido el estilita viejo? El número de visitas que recibía —que recibía antes— y las historias que circulaban sobre él hacían pensar que se había hecho merecedor de cierto favor divino. Sin embargo, también Juan recibía visitas. Cuando parecía que, entrada la noche, ya todos se habían ido, oía acercarse los cascabeles de los leprosos, que hasta entonces habían aguardado discretamente en las colinas cercanas. Y también se contaban historias sobre él. El vendedor de telas de Cesarea se había instalado en la aldea más próxima y narraba el milagro con que había sido agraciado. Afirmaba ser más alto que antes de encorvarse. No tenía ningún deseo de volver a su casa, donde lo esperaban una mujer y seis hijos. Ahora que podía erguirse, el mundo entero se desplegaba ante él.

¿Había hecho Juan un milagro al caer de la columna? No lo creía. En caso de que se hubiera producido un milagro, la autora habría sido Una, como una prolongación del sueño en que se le había aparecido. Había actuado así para burlarse de Juan. Porque este tenía la certeza de haber sido testigo de una aparición maléfica. Si Dios, su Hijo Jesucristo o cualquiera de los apóstoles se le hubieran aparecido en sueños para comunicarle un mensaje, él les habría concedido tanto crédito como si se hubieran presentado en carne y hueso y a plena luz del día. ¿Cómo no hacer lo mismo en este caso? Después de lo soñado, estaba convencido de que Una se hallaba por encima del mismísimo demonio en el escalafón infernal, de que movía los hilos del Averno. Por lo tanto Juan había recibido el regalo de una revelación: la visión del personaje oculto, el Demonio que imparte órdenes al demonio.

Semejante exposición era honra, terror y prueba. Juan se dijo que afrontaría la tentación. Si Una lo visitaba era porque el demonio no bastaba para seducirlo. Aquella exposición era también reconocimiento. Juan seguiría el ejemplo de su Señor Jesucristo, cuando al sentir hambre tras cuarenta días de ayuno en el desierto recibió la visita del demonio, y el demonio lo tentó diciendo: «Si eres el Hijo de Dios, haz que esas piedras se conviertan en panes», a lo que Jesucristo contestó: «No solo de pan vive el hombre, sino de toda palabra que sale de la boca de Dios». La diferencia en este caso radicaría en que Juan no tendría enfrente al demonio sino a Una, luego su prueba sería más ardua, y en que él ya tenía más panes de los que podía comer, y preferiría transformarlos en piedras que arrojar a la muchedumbre.

Claro que era posible que todo lo sucedido desde el sueño —la caída, la curación del comerciante de telas, la afluencia de suplicantes, sus ofrendas— ya formara parte de la tentación, a la que Juan, sin ni siquiera saberlo, habría cedido. Así de sutiles eran los ardides de Una. Esto le llevó a ansiar aún más otra visita de la joven, en el sueño o en la vigilia, una visita en la que Juan, prevenido, le hablaría de modo que ella tuviera que abandonar su disfraz y mostrarse como la Bestia que era.

Pasó una semana hasta que la chica volvió a presentarse junto a su columna. No llevaba ninguna cabra, sabía que Juan tenía comida de sobra. Era de noche. Ya se habían ido los suplicantes, incluso los leprosos, que producían escalofríos a Juan cuando besaban la columna con sus labios cubiertos de escamas. La voz de la chica lo sobresaltó. Creyó que volvía a estar en la plataforma, junto a él.

Estoy aquí, Juan.

Era una noche sin luna. La chica era una voz y una silueta engañosa.

Y yo aquí, como siempre, contestó Juan. Preséntate.

Yo soy Una, dijo ella como si se dirigiera a un niño.

Hace mucho que no vienes a verme, dijo Juan.

Tienes mucha compañía. No me necesitas.

No necesito a nadie.

¿Por qué te lamentas entonces?

No me lamento.

A Juan le llegó una risa infantil que se desplazaba de un lado a otro. Una saltaba de roca en roca, jugando a mantener el equilibrio.

Puedes irte, dijo Juan. Las seducciones no están hechas para mí. Ni en el sueño ni en la vigilia.

¿Sueñas conmigo?, preguntó ella. Si lo haces, ya te he seducido.

Juan dijo: Es como si me hablaras en un idioma que desconozco. Tus palabras se deshacen contra la coraza que es mi fe. Insiste cuanto te plazca. Sube aquí y te pisaré el cuello como a la víbora que eres.

La risa de Una cesó.

¿Quieres que suba a tu columna?

No importa lo que hagas. Mi decisión basta para aplastarte el cuello desde aquí arriba. Regresa a tu oscuro agujero.

A estas palabras, Una contestó: Dices que no necesitas a nadie y mientes. Para empezar, lo necesitas a él, dijo señalando hacia la columna del estilita viejo, invisible ahora.

¿A él también lo tientas?

A él lo visito, aunque ni siquiera se preocupa por mí. Soy la única que va a verlo. Ahora todos quieren verte a ti. Curas a los enfermos.

También él. Es lo que se cuenta.

Tú has sido el último en curar a alguien.

¿Cómo está?, preguntó Juan a su pesar, cediendo al deseo de saber.

Al cabo de un momento, la voz de Una llegó de nuevo.

Está bien. Él siempre lo está. No le importa que nadie lo vaya a ver. Dice que si no recibe más visitas es porque Dios así lo quiere. Yo le llevo leche y queso si puedo. No siempre puedo. Aunque ni eso necesita. Lo acepta por complacerme. Él no necesita a nadie. Adiós, Juan.

Antes de alejarse en la oscuridad, Una añadió:

No eres digno de estar ahí arriba. Vuelve a Constantinopla, a restregarte contra la multitud.

La voz de Una cesó pero Juan continuó sintiendo su presencia.

Después de aquella noche no volvió a verla.

¿Una lo había derrotado? El hecho de que no dejara de pensar en lo que ella dijo, ¿no era una prueba de su derrota? ¿Era indigno de morar en una columna?

Ahora, cada mañana, cuando abría los ojos y veía a los suplicantes, a la molestia causada por su presencia se sumaba la vergüenza del demérito.

No dejaba de vigilar al estilita viejo. Le preocupaban tanto su desfallecimiento, del que él era culpable, como su supervivencia, que se debería al favor de Una. Juan pidió a sus suplicantes que a modo de sacrificio llevaran al estilita viejo la comida que querían entregarle a él. También los invitó a que consultaran al estilita viejo, cuya sabiduría y devoción alabó. Algunos siguieron su consejo, pero el desprendimiento de Juan no hizo más que aumentar la admiración de los que se arracimaban bajo su columna.

Una noche, mientras rezaba en la calma que precedía al amanecer, lo asaltó una idea que multiplicó por diez, por mil, su inquietud. ¿Y si Una no era un ser demoníaco? ¿Y si no era más que lo que parecía, una niña pagana, inmadura y veleidosa, pero que hablaba con la voz de Dios, quien de manera pasajera le habría insuflado Sus palabras para poner a prueba a Juan? ¿Y si incluso —y esta posibilidad hizo que Juan se agachara y apoyara la frente en la plataforma, presa de vértigos— Una era el mismísimo Dios encarnado? Eso explicaba que en el sueño de Juan el demonio agachara la cabeza ante Una. Si era así, Sus palabras eran infinitamente más graves. Dios se había presentado ante él para señalarle su flaqueza.

Después de esta nueva revelación, Juan pasó de ver la columna como un instrumento que lo elevaba hacia la dicha a verla como un cadalso donde se expone a un criminal para que sirva de escarmiento al pueblo. Salió el sol y con él llegaron los suplicantes.

Esa tarde, acostumbrado a ver llegar a enfermos agonizantes acarreados en camillas, a ciegos guiados por niños atados con una correa, a familias enteras que levantaban tiendas y se comportaban como en una fiesta, no le asombró que un grupo de seis carromatos y varios jinetes se aproximara serpenteando entre las rocas. Dos jinetes se adelantaron empuñando látigos. No los utilizaron pero sus expresiones no dejaban duda de que no tendrían reparos en hacerlo. Los suplicantes cedieron paso a la caravana. Un carromato iba cargado con víveres y pertrechos. Los restantes transportaban jaulas con animales: dos jabalíes, un oso pardo, media docena de rechinantes hienas rayadas, un tigre y, en el último, un surtido de aves de más allá del Indo. En el pescante del carromato en cabeza se bamboleaban dos hombres, el conductor y un acompañante. Este alzó un brazo y la caravana se detuvo. Juan reconoció a su padrastro, que se apeó y caminó hasta el pie de la columna. Miraba a su alrededor satisfecho. Más de veinte suplicantes esperaban a ser atendidos. El suelo estaba cubierto de restos de comida, arrojados por los suplicantes o el propio Juan. Un estilita debía encomendarse a la austeridad, pero Juan parecía alzarse en el centro de un convite perpetuo. Huesos, espinas de pescado, cáscaras de huevo y pepitas de fruta colmaban los huecos entre las piedras.

Has conseguido lo que querías.

Estoy muy lejos de conseguir nada, respondió Juan.

Por supuesto. Nunca puedes dejar de lado la humildad.

Un grueso flemón deformaba la cara del padrastro, entorpeciéndole el habla. Su actitud era diferente de la de su primer encuentro; mostraba no tanto como humildad, pero sí azoramiento.

Es posible que aún no hayas recorrido toda la senda, prosiguió, pero sí obtenido logros. Las noticias han llegado hasta Constantinopla. Has curado a un hombre que no podía caminar. Y se dice que tus palabras han supuesto el alivio de muchos.

Juan no respondió, dejando que en el silencio el padrastro leyera lo que fuera su deseo.

Me he desviado para verte. ¿La columna es de tu satisfacción?

Más de lo que merezco.

Al parecer no, dijo el padrastro señalando a los suplicantes, indecisos entre escuchar la conversación del estilita o dedicar su atención a las fieras exóticas.

Mientras hablaba, el padrastro torcía un poco la cabeza,

mostrando el flemón a Juan como quien orienta una extremidad entumecida hacia el sol o una hoguera, en busca del alivio de su calor. Había envejecido desde la última vez que se vieron. Parecía fatigado y cojeaba de la pierna derecha. La dificultad para hablar le restaba autoridad. Juan se preguntó si su padrastro no tenía proveedores que le llevaran las fieras a Constantinopla, si había emprendido el viaje con la intención primera de visitarlo, idea que incrementó su vergüenza.

Me alegro de haberte ayudado, añadió el padrastro. Te agradezco que aceptaras mi ofrecimiento.

Juan se limitó a asentir.

Siguió un silencio tras el cual el padrastro dijo: ¿Quieres saber cómo está tu madre?

Mi madre es el pasado.

No quiso una nueva villa. Le bastó con que te fueras. Tu antigua columna sigue donde la dejaste. Aunque eso forma también parte del pasado y no es de tu interés.

En efecto, no lo es.

Tu madre no habla de ti pero no te ha olvidado.

He dicho que no quiero saber de ella.

El padrastro agachó la mirada.

¿Hay algo más que yo pueda ofrecerte?

Me has dado demasiado, dijo Juan.

Será mejor que me retire.

Pero antes de apartarse añadió: Es tarde. ¿Podemos pasar aquí la noche? Los animales están cansados.

Todos sois libres de hacer lo que queráis. Este lugar no es de mi propiedad.

Sin embargo el padrastro seguía remiso a alejarse.

Sería una gran satisfacción para mí que me regalaras tu bendición.

Sorprendido y humillado, Juan lo hizo, y los suplicantes por fin pudieron aproximarse.

Mientras sus hombres montaban el campamento, el padrastro se sentó en una roca y contempló cómo Juan atendía al resto de la gente. Resplandecía de orgullo, como si mirara a su propio hijo.

La caída de la noche no trajo alivio a Juan. La vergüenza le hacía sentirse encerrado en la plataforma. Quería escapar de ella y de cuantos lo rodeaban. A escasa distancia ardía la fogata del campamento, donde se asaba carne y alrededor de la cual parloteaban y se reían los hombres. Los animales gruñían y deambulaban en círculos en el confinamiento de sus jaulas. Los pájaros, acongojados, guardaban silencio. En las colinas próximas, los leprosos que habían acechado todo el día a la espera de acercarse pernoctaban ovillados entre las piedras, confiando en tener una oportunidad cuando saliera el sol. Y allí al lado, como siempre, se encontraba el estilita viejo. Y puede que incluso Una rondara la columna.

Juan ansió la indiferencia. Necesitaba preguntar al estilita viejo cómo había logrado no necesitar a nadie.

Las hienas devoraron las sobras de la cena. Sus ojos reflejaban la luz de la hoguera. Juan nunca había oído un sonido como el de sus risas, ni humano ni enteramente animal. Se produjo un revuelo. Oyó a su padrastro increpar a alguien y el restallido de un látigo. Uno de sus hombres, mientras alimentaba a las aves, había hecho caer una jaula, que se había abierto al chocar con el suelo, y el pájaro que contenía había escapado. Por fin los hombres se durmieron, pero los animales siguieron gruñendo toda la noche, y Juan permaneció en vela.

El campamento se puso en pie antes del amanecer. El padrastro se acercó a la columna a despedirse de Juan y preguntarle una vez más si podía hacer algo por él. Juan los vio alejarse con el primer asomo de luz. Esperó ansioso hasta que desaparecieron tras una loma. Luego se volvió hacia la otra columna y la encontró vacía.

Tan grabado estaba el paisaje en la mente del estilita viejo que a veces no sabía si tenía los ojos abiertos o cerrados, pues continuaba viendo lo mismo: cada piedra y la sombra que proyectaba en cada momento del día.

Cuando veía su entorno con el ojo de la mente, sin embargo, había suplicantes que se aproximaban sumisos, esperanzados y curiosos. No era porque los echara de menos, se disculpaba ante Dios. Si los suplicantes habían cesado de llegar, debía de ser voluntad del Creador. Continuaba viéndolos por la fuerza de la costumbre.

Tampoco Una iba a verlo. Aunque él sí la había visto a ella. La chica rondaba la otra columna y espiaba al joven, a quien además no dejaban de visitarlo suplicantes.

A veces el estilita viejo no estaba seguro de que fuera ella. Con los años la vista había empezado a fallarle. Cada vez veía más con el ojo de su mente. A través de este, veía a Una aproximarse, quizás con intención de ordeñar una cabra para él, como había hecho durante años. Pero ella pasaba de largo. Sus errares y juegos solitarios se habían desplazado hacia la columna del joven. ¿Cómo culparla? No era más que una muchacha tan abstraída, caprichosa e ingenua como sus cabras.

Con el paso de los días y el agotamiento de reservas, el

estilita viejo empezó a echar de menos la leche de Una. Un mediodía caluroso, el recuerdo de la leche se impuso a la oración. Experimentó de pronto añoranza, un sentimiento olvidado desde que se encaramó a la columna. Se vio alzando una vasija rebosante de leche recién ordeñada, que le colmaba y fortalecía y rejuvenecía. Cuando terminaba de beber dejaba caer la vasija, que se estrellaba contra el suelo, y él devolvía la mirada y la sonrisa a Una. El sabor que se demoraba en su boca no era de leche sino de mujer, algo también olvidado pero que volvió a su recuerdo con una fuerza que le hizo mirar alrededor avergonzado.

¿Ahora Una entregaba su leche al joven?

El estilita viejo se tiró de la barba.

¿Qué importaba que el joven contara con la gracia de Dios? La dicha que hubiera obtenido no podía ser a costa de la del estilita viejo, pues la gracia divina es tan costosa de alcanzar como infinita. Si los implorantes habían dejado de acudir en busca de respuestas al estilita viejo, si la oración había cesado de proporcionarle alegría, si obtenía el mismo placer y tantas respuestas como si hablara a las piedras, solo él era culpable. Había fracasado en su misión de desligarse de cuanto moraba en el suelo y entregarse a Dios. Que sus meditaciones fueran ahora esterilidad y delirio era certificación de ello. Que pensara de aquel modo en Una.

Vio aproximarse una larga fila de carromatos. Por supuesto, se dirigían a la columna del joven. Cuando estuvieron más cerca vio que cargaban con bestias cuya existencia nunca habría imaginado. El último desbordaba de aves de coloridos plumajes. Los acompañaban jinetes con látigos. El estilita viejo nunca había recibido una visita tan llamativa y seguro que importante. Mientras miraba hacia la elevación que mediaba entre las columnas, distinguió a Una, que oculta tras una roca admiraba, pues qué otra cosa podía hacer, a las bestias exóticas y seguramente al estilita joven, cuya fama las había convocado.

Se le ocurrió que a él Una nunca lo espiaba. Pero no quería que nadie lo espiara. Por lo tanto, ¿qué importaba eso? Sin embargo le importaba.

Se percataba de su inmenso yerro. Quizás estuviera a tiempo de enmendarlo y no arruinar por completo lo conseguido en aquellos años.

Cayó la noche y hasta él llegó una algarabía de voces, además del aroma de algo que se cocinaba. Hubo gritos y un momento después un pájaro se posó en su columna. La luna alumbró los colores del cálao. Sobre el pico grueso y largo, de un vivo amarillo, se erguía un apéndice córneo cuya forma y color recordaban al sexo de las mujeres. El ave abrió el pico y al mismo tiempo, cerca de allí, un tigre rugió. Antes de ir en busca de su columna, el estilita viejo nunca había salido de su aldea, cerca de Colonia, donde se dedicaba a la venta de espejos; nunca había visto un pájaro semejante ni oído el rugido del tigre. Creyó que el sonido provenía del ave. Esta aleteó y emprendió el vuelo.

Una vez más, había que apartarse de todo y recuperar la soledad de cuerpo y mente.

Confió en contar con favor divino suficiente para recibir una orientación última, al igual que había sido testigo de la columna monolítica en una visión. Se acurrucó en busca del sueño, el rezo como canción de cuna. Vio a un ser de complexión humana y rostro tan refulgente que impedía distinguir sus rasgos, vestido con una armadura hecha de ojos; de hombre, de lémur, de boa. El ser señaló con un brazo y toda su armadura —ojos corniales de caracol, fosforescentes de pantera, desparramados de pez abisal— miró en aquella dirección. El estilita viejo vio el mismo paisaje que rodeaba su columna, salvo que alterado, montañas desplazadas, más altas, más bajas, pero los mismos colores y la misma tersura del aire.

Nada más despertar, de noche aún, se descolgó de la columna. Por un instante pendió de las puntas de los dedos, preguntándose si su frágil cuerpo soportaría la caída. Lo haría. El ser con armadura de ojos no le habría indicado el camino si no fuera así.

Se soltó y se torció un tobillo.

Vista desde el suelo la columna le pareció ridículamente baja. Se dijo que el ser con armadura de ojos había rebajado su altura para que él pudiera bajar sin más percance que un tobillo torcido. Cojeando, echó a caminar sin mirar atrás. Contaba las zancadas, asombrándose de cómo crecía el número.

Desde el pie de la columna del estilita viejo, Juan miraba hacia arriba, todavía incrédulo. La noche anterior, al concluir que iba a pisar de nuevo el suelo, pensó que cometía un inmenso pecado o, quién sabía, un logro, y en cualquier caso, que había tomado una decisión más que inusitada para alguien de su clase. Sin embargo, en el mismo momento y a pocos estadios de distancia, otro estilita hacía lo mismo.

Juan se apresuró. No quería que ningún suplicante lo viera. Echó a caminar en dirección a los montes Tauro, seguro de que el estilita viejo iría hacia donde menos probable fuera encontrarse con alguien. Estaba convencido de que daría con él, no le cabía otro pensamiento. No importaba cuánto tiempo hiciera falta. La perspectiva de recorrer parajes deshabitados le insuflaba calma.

Sus piernas habían perdido el hábito de caminar y se detenía con frecuencia. Pese al frenesí con que había abandonado su columna, había tenido la previsión de llevarse la jarra de agua y la cesta de provisiones. Para descender se había servido de la cuerda que usaba para subir y bajar los dos recipientes. La había atado a un balaústre de la plataforma y se había descolgado.

Se sentía bien. Agradecía la fatiga física. Mientras se movía, no rezaba, no pensaba, cada paso requería toda su atención. Durante los descansos se recreaba en su bienestar. Se dijo que si la soledad y la calma no le complacieran, no podría entrar en comunión con Dios. Comía aceitunas y escupía los huesos intentando llegar lo más lejos posible, daba unos pasos hasta el hueso, lanzaba otro, lo alcanzaba...

La primera noche, acurrucado con las rodillas contra el pecho, se durmió imaginando su encuentro con el estilita viejo. Compartirían la comida y conversarían sobre Dios como harían de un amigo común cuyo gran éxito apreciaban, lo que no sería óbice para reconocer sus defectos y errores, que ellos disculpaban benévolamente.

Al cabo de tres días, cerca de las Puertas Cilicias, se adentró en un cañón donde se topó con un grupo de federados hérulos. Eran treinta. Habían formado parte de la caballería del general Belisario, de la que desertaron por temor a la plaga. Desde entonces se refugiaban en las montañas. Se ocultaban en el cañón mientras esperaban a su líder, que había descendido a la costa de Cilicia en busca de un barco. Hasta su regreso debatían si dirigirse a la costa norte del Egeo y seguir por tierra hasta su patria a orillas del Danubio o si era mejor adueñarse de la nave y dedicarse a la piratería.

Juan los contempló más sorprendido que asustado. No había visto a nadie desde que dejó la columna y de pronto aquella aglomeración. Unos esclavos preparaban la comida y ordenaban el campamento, mientras que los antiguos soldados bebían leche de yegua fermentada. Vestían todavía la armadura de escamas de la caballería romana pero algunos habían vuelto a dejarse crecer el pelo y se lo habían trenzado.

Dos se acercaron a él a zancadas. Juan retrocedió, intimidado por los rasgos chatos y feroces. En el griego tosco empleado por los comerciantes y los mercenarios le preguntaron quién era, mientras que uno lo cacheaba, arrojaba al suelo el contenido de la cesta de comida y lo esparcía a patadas.

Soy Juan y os bendigo en el nombre del Padre.

Maldiciendo al centinela, que debía de haberse dormido, llevaron al estilita a un entrante en una de las paredes de roca, donde guardaban los caballos. Junto a las bestias había un hombre, en el suelo, con ligaduras en pies y manos. Juan apenas pudo verlo antes de que a él también le inmovilizaran las extremidades y lo ataran al otro, espalda con espalda. Vislumbró una nariz larga y delgada, unos ojos de mirada poco inteligente y una boca ensangrentada; los hérulos lo habían golpeado. Le llevó un momento deducir que era el estilita viejo.

Sus columnas vertebrales se engranaron como dos ruedas dentadas. El contacto llevó a Juan a intentar zafarse, sin pensar si al otro le molestaban las sacudidas. Pero estaban firmemente atados, y aunque consiguieran soltarse, no podrían salir del cañón sin que los vieran. Oían la charla incomprensible de los hérulos. Los caballos que los rodeaban parecían gigantescos.

¿Quiénes son?, preguntó Juan.

La respuesta tardó en llegar.

Son otra prueba más.

Las palabras del estilita viejo eran difíciles de comprender. Debía de haber perdido dientes por los golpes.

¿Qué van a hacer con nosotros?

De nuevo tras un tiempo:

¿Qué importa eso? Yo ya los he perdonado.

¿Sabes quién soy?

Sí.

Tengo muchas preguntas que hacerte.

¿Por eso me has seguido?

Sí.

Tus preguntas ya no importan. Al dejar tu columna las respondiste todas.

Un hérulo se acercó, apartando a los caballos a empujones como quien se abre camino en una taberna. Dio una patada a cada estilita. Bastó para dejar claro que no podían hablar.

Siguieron una tarde y una noche interminables. Juan se preguntaba si la intimidad de su contacto era tan repugnante para el estilita viejo como para él. Recordaba lo poco que había visto de su vecino y se preguntaba si su propio aspecto era tan lastimoso como el del estilita viejo. Hacía años que Juan no se miraba en un espejo. ¿Podía alguien como aquel hombre decirle algo útil? ¿Podía articular mensajes del Altísimo con sus labios partidos y cubiertos de una costra de sangre y su voz confusa? ¿Pero acaso Jesucristo en la cruz no había presentado una apariencia aún más lamentable?

Un hecho dramático ocurrido cuando los hérulos se retiraban a dormir hizo que Juan se guardara las preguntas. Un esclavo, el último en ser incorporado al grupo y desconocedor de las costumbres bárbaras, apagó una hoguera orinando sobre ella. Uno de los hérulos dirigió unas palabras autoritarias a los demás esclavos y degolló al culpable de la ofensa. Sucedió a la vista de Juan. El cuerpo quedó abandonado en el suelo. Los caballos se revolvieron, inquietos por el olor de la sangre, y los estilitas encogieron las piernas.

A la mañana siguiente llegó el líder hérulo. Sus hombres se congregaron alrededor. La panoplia y la silla de montar ornada con oro indicaban el rango. Juan no comprendió lo que dijo a la banda de desertores.

A continuación el líder hérulo se acercó a los estilitas. El viejo permanecía con la mirada baja. Les preguntó quiénes eran.

Siervos de Dios, respondió Juan.

¿Cristianos?

Juan asintió. El estilita viejo no se había movido.

El líder hérulo repartió órdenes. Sus hombres levantaron el campamento. Cuando todo estuvo recogido y los desertores montaron a caballo, un hérulo cortó las ataduras de los pies a los estilitas y los obligó a levantarse. Otro los aguijoneó con la lanza para que se movieran. Tambaleándose, como una bestia con cuatro piernas descoordinadas y dos cabezas que no se comunicaban entre sí, salieron del cañón junto con la columna de jinetes.

Una vez fuera, el líder de la banda hizo un gesto mostrándoselos a los demás, como si nunca los hubieran visto, y dijo: ¡Cristianos!

A Juan le temblaban las piernas por el miedo y porque el estilita viejo cargaba su peso sobre él. Sus cabelleras greñudas se entremezclaban. Hubo alguna risa pero la mayoría de los jinetes se limitó a dirigirles miradas torvas.

A continuación el líder pinchó a los estilitas, haciéndolos retroceder, hasta que cayeron por un terraplén rocoso. La columna retomó la marcha.

Rodaron golpeándose contra las piedras. Dejaron atrás dientes, labios, jirones de piel, de cuero cabelludo, un ojo. Acabaron tendidos en el fondo del terraplén, cubiertos de polvo y de la sangre de los dos.

Al cabo de un rato, Juan preguntó:

¿Estás vivo?

Le respondió un susurro que quizás fuera una afirmación; en cualquier caso, el otro seguía con vida.

Pasó otro rato más y ahora fue el estilita viejo quien preguntó:

¿Estás vivo?

Juan respondió entre dientes.

El sol llegó a lo más alto. Durante la tarde continuaron comprobando que seguían atados a algo vivo, alternándose en preguntar, hasta que al atardecer el estilita viejo no obtuvo respuesta. Se movió un poco para sacudir al otro y repitió la pregunta. De nuevo, sin respuesta. Se relajó.

El estilita viejo tenía la cara apoyada en el suelo. Al fondo del terraplén no había más que piedras y vegetación leñosa. Solo se movían las sombras con el desplazamiento del sol.

Fue una noche de soledad inmaculada y de inmaculado gozo. El estilita joven se quedó rígido y el estilita viejo se imaginó atado a un tronco. Luchó contra el sueño. No quería perderse ni un instante de aquella dicha. Sin embargo, cercana el alba, cayó dormido.

Al abrir los ojos vio ante él un cuenco de madera. Se irguió un poco y descubrió que alguien había cortado las ataduras que lo unían al estilita joven. También le habían liberado las manos. El cuenco estaba lleno de leche. Supo que era de cabra. Al fresco de la mañana, la leche desprendía vaho. En el fondo del terraplén continuaba sin haber nada más que rocas y parca vegetación, y ahora el cuenco de leche. Volvió a posar la mejilla en el suelo. El cuenco estaba tan cerca que no tendría más que alargar un brazo para cogerlo.

Siguió inmóvil. Poco después aparecieron las moscas. Las vio posarse en el cuenco y beber. Iban y venían, zumbando junto a lo que quedaba de su oreja desgarrada. Una mosca le rondaba y acabó posándose sobre él. Le recorrió la cara y se detuvo en un ojo. El estilita viejo no parpadeó. Veía a la mosca como si esta se paseara por una lámina de vidrio y él estuviera al otro lado. Gimió de asombro ante el vientre del insecto, del color del cardenillo y cubierto de un suave vello, y las alas, a través de las que el azul del cielo se mostraba más oscuro y el círculo solar no deslumbraba. La mosca agachó la cabeza, devolviéndole la mirada con unos ojos facetados y vinosos. Estiró la boca y la posó en el ojo del estilita viejo, que admiró su interior tubular, rosado, que se contraía al succionar y por el que se elevó exultante hacia Dios.

Segunda parte:

Tepuy

Intentó agarrarse a una mata de bromelias. No fue capaz y siguió resbalando en el barro de la pendiente, y luego girando y dando tumbos hacia una cornisa rocosa que podría haber sido su salvación, pero iba a demasiada velocidad y chocó y rebotó hacia el vacío. La pared del tepuy discurrió de abajo hacia arriba como si la montaña fuera la que se movía, elevándose aún más sobre la selva. En un instante quedó atrás la vegetación herbácea que desbordaba la cima, aprovechando cualquier fisura con unos gramos de turba en la que enraizar. A ciento cincuenta metros de la cumbre, recibió un fogonazo de luz desde donde era imposible recibirlo: un costado, desde el tepuy. En lo que dura un parpadeo pasó frente a la caverna donde según los indios pemones moraba el gran murciélago antropófago Maripa-den. La caverna atravesaba el tepuy. Amanecía. El sol violáceo estaba detrás de la montaña y la caverna disparaba luz como un cañón. En 1528, el gobernador don Antonio de Berrío, empecinado en descubrir El Dorado, había confundido aquella luz con los brillos de la ciudad áurea. De nuevo la pared. Islotes de liquen, roca parda, herrumbrosa, entalladuras verticales, labradas por el agua en la estación húmeda, cuando manaba del tepuy en cascadas que el viento desplegaba como velos de novia. Se sucedían los estratos de arenisca, más antiguos a medida que bajaba. La historia del escudo geológico guayanés desfilaba ante sus ojos. Dos mil millones de años atrás, cuando apenas los primeros seres unicelulares titilaban en los mares, la región se hallaba cubierta de sedimentos. Entonces llegaron corrientes de agua inauditas. El terreno descendió, lavado capa a capa. Las partes más resistentes, cementadas con cuarcita, sobrevivieron y dieron lugar a tocones ciclópeos, aislados en una llanura de la que a continuación brotó la selva, y luego esta se pobló de brontosaurios, y luego de tucanes y jaguares, y finalmente de hombres, que alzaron la vista hacia aquellos tocones y los bautizaron como tepuyes, las moradas de los dioses, y los adoraron. Tuvo frío. El cuerpo se le cubrió de gotitas de humedad que corrían de abajo hacia arriba sobre su piel como si el vacío las aterrorizara. Había entrado en las nubes, más bajas que la montaña. Corrientes de aire ascendentes cargadas de olor a vegetación frenaban su caída, no obstante seguía cayendo. Las nubes se volvieron de un gris verdoso, confundidas con las copas de los árboles. Atravesó tres, cuatro, cinco niveles de fronda. En los huecos que se abrían en la bruma y en la vegetación seguía discurriendo, difuminado, el tepuy, los estratos de la base, de arena gruesa y canto rodado. Se estrelló contra el talud rocoso del piedemonte, donde rebotó y rodó antes de detenerse.

* * *

Los Indios encontraron el cuerpo de la rana. Eran dos piaroas que batían los alrededores del tepuy en busca de especímenes para el español acampado en el poblado de Ceguera. Uno llevaba una camisa vaquera con botones de falsa madreperla, abierta para refrescarse y con los faldones anudados sobre el pecho para que no se engancharan en la maleza. El otro llevaba una única zapatilla de tenis Adidas, muy usada, colgada al cuello. La zapatilla se balanceaba a cada paso y le asestaba puntapiés blandos en el esternón. Al margen de eso y de unos taparrabos, iban desnudos. Si conseguían alguna pieza buena podrían cambiársela al español por la pareja de la zapatilla y por un cinturón de piel que quedaba muy bien con la camisa vaquera. Cuando encontraron la rana la miraron largamente, luego uno preguntó al otro si había visto alguna vez una rana así. El otro indio dijo que no, o eso creía. Era negra y pequeña. A ojos del profano, no tenía nada de especial. Entre la vistosa fauna de la selva, pasaba desapercibida. Pero estaba al pie del tepuy. Sin hablar, uno buscó una hoja grande y ayudándose con un palito, para no tocar la rana con los dedos, la empujó hasta colocarla sobre la hoja. Plegó esta envolviendo el cuerpo y la guardó en la faltriquera que llevaba a la cintura.

Después de una semana a la espera de un día sin nubes, el helicóptero despegó de Puerto Ayacucho la mañana de Año Nuevo de 1969. Juan había ido a buscar al piloto a su casa, un galpón junto al aeropuerto, donde vivían unos cuantos hombres, algunos con aspecto de vagabundos. Lo sacó de la

75

hamaca y le preparó café bien cargado. Mientras lo sorbía, todavía con los párpados pegados por las legañas, el piloto le aseguraba que podía volar, tranquilo amigo, pero dame otro café, ¿y no has traído algo de comer? Tenían que darse prisa. El tiempo podía cambiar y Juan no quería más retrasos.

Pusieron rumbo sureste. Sobrevolaron claros abiertos en la selva por los piaroas, islotes parduscos donde se levantaban sus viviendas comunales y practicaban la agricultura de conuco. Dejaron atrás el Orinoco y caños sinuosos y marrones. La selva ganó altura y densidad. El helicóptero solo transportaba a Juan y las provisiones y el equipo para pasar una semana en el tepuy. Acolchado entre prendas de ropa, viajaba un frasco con alcohol, y dentro la rana que los indios le habían trocado al final de un aburrido regateo. Con el paso de los días había adoptado un color naranja pálido. Parecía una simple ranita platanera pero el biólogo estaba seguro de que se trataba de una especie desconocida.

Al cabo de media hora el piloto señaló hacia el frente. El tepuy, el cerro Autana, el tocón del Árbol de los Frutos del Mundo, del que, según los indígenas, se desparramaron todas las formas de vida, se alzaba mil trescientos metros sobre la selva, con la cima parcialmente cubierta de nubes. Pese a los relatos de los conquistadores, que afirmaban que el cerro servía de atalaya a los indios, no existía otra forma de acceder a la cumbre que por el aire. No había constancia de que alguien lo hubiera hecho hasta la fecha. El copete nuboso que cubría el cerro con frecuencia y anulaba la visibilidad hacía recelar a los pilotos. El biólogo español sería el primer hombre en pisar la cima del cerro Autana. Llevaba buscando una razón para ir allí desde que llegó a Venezuela.

Su última conversación con el piloto, para recordarle que lo esperaba dentro de una semana y que entonces le daría el resto del dinero, le pareció interminable.

No se posaron. El piloto había impuesto esa condición. Temía que bajo la hierba de la cumbre se ocultara un terreno irregular o frágil que causara daños al helicóptero y del que luego no pudiera volver a elevarse. Juan no había discutido. Se acercaron a un metro del suelo y el biólogo saltó. No tuvo tiempo para detenerse a observar su primera huella. Se afanó en descargar los bultos.

La pulsación del helicóptero al alejarse de regreso a Puerto Ayacucho se prolongó más de lo que a Juan le habría gustado. Se sentía ligero, elevado por encontrarse donde siempre había querido estar, no solo —se daba cuenta ahora— desde que entre los tejados de palma de Ceguera vio en el horizonte el perfil monolítico del tepuy. La hierba que el vendaval de las aspas había tumbado recobraba lentamente la verticalidad, como si nada hubiera sucedido. Sentía asimismo una angustia tenue, una corriente subterránea y gélida, fruto del temor a que la estancia en el tepuy no satisficiera sus expectativas. Solo cuando el helicóptero se perdió de vista, miró a su alrededor.

Las nubes se estaban disipando y el tepuy se mostraba en toda su extensión. La cima era cuasi plana, de treinta hectáreas: algo más de dos kilómetros de largo y poco menos de medio de ancho. Sometido a la rapiña del viento y de las lluvias, el recubrimiento terroso no permitía una gran riqueza vegetal. La cima era un herbazal denso y verdigrís, entre el que destacaban las orquídeas y el verde luminoso de las numerosas plantas carnívoras. La escasez de nutrientes obligaba a los vegetales a buscar formas de alimentación alternativas.

La inaccesibilidad del cerro Autana, unida a que este se elevó sobre el terreno circundante —o más propiamente, el terreno descendió alrededor del tepuy— cuando aún no había surgido ninguna forma de vida terrestre, llevaba a preguntarse cómo llegaron allí las plantas y los animales que poblaban la cumbre. A la hora de buscar una respuesta, la especulación racional se confundía con las explicaciones fantasiosas. ¿El viento transportó las semillas y los insectos y los sembró sobre el tepuy? ¿Acaso llegaron prendidos de las plumas de las aves? En cuanto a las formas de vida de dimensiones intermedias, como los anfibios, las hipótesis se apoyaban más en lo fabuloso e invitaban a imaginar migraciones verticales sin causa conocida, intrépidas y accidentadas escaladas de semanas de duración, enfrentándose a traicioneros golpes de viento y a rocas desprendidas que caían y golpeaban la pared arrancándole chispas y liberando olor a ozono; o aves de rapiña que se elevaban a través de las nubes con presas vivas en las garras y las soltaban quién sabe por qué en el cerro; o vías transitables y seguras que antaño remontaban el tepuy y permitían abordar la cima, pero que algún cataclismo menor borró, condenando a las criaturas de la cumbre a una evolución al margen de la de sus congéneres de la selva.

Dejó el equipo donde estaba, ansioso por hacer una primera exploración. Recorrió la meseta con el interés y la calma del que pasea por una finca recién adquirida. Bajo la vegetación, herbácea y arbustiva, el suelo seguía empapado después de las últimas lluvias, un puré de turba, negro y grumoso. Rodeó varias simas en las que el suelo se hundía hasta perderse de vista en una oscuridad húmeda y reacia a ser mirada. Se encontró también con charcas de lluvia, sobre las que patinaban insectos zancudos y donde la roca del fondo había adoptado un vivo tono de herrumbre. Eran poco profundas, salvo una, la mayor, de unos diez metros de diámetro, cuyo fondo no alcanzó a vislumbrar.

Inspeccionó con unos prismáticos el horizonte que rodeaba el cerro. La soledad le pasó un brazo sobre los hombros y disfrutó con él de la observación silenciosa.

Vio una tormenta descargar al oeste, en la dirección de la frontera colombiana. El cielo había vuelto a cubrirse. Al otro lado de las nubes el sol era un círculo blanco. Era hora de montar el campamento.

Escogió una zona donde el terreno se elevaba un poco sobre el resto de la meseta y estaba más seco. También se hallaba libre de vegetación que entorpeciera plantar la tienda de campaña. El suelo estaba calcinado. El tepuy era un pararrayos natural. Para cuando terminó de organizar el campamento estaba anocheciendo. Que la tienda atrajera un rayo era un riesgo que tenía que correr. No podía pasar toda la semana durmiendo a la intemperie.

El sol desapareció con rapidez y al mismo tiempo bajó la temperatura. Tuvo que abrigarse. A la luz de una lámpara de gas, abrió una lata de carne. Para acompañar la cena alternó sorbos de whisky y de agua. Era una celebración. Más allá del círculo de luz: una oscuridad hermana de la de las simas, donde cabía todo pero no había nadie.

La niña tenía tres años. Sus padres estaban pasando el fin de semana en Londres y Elsa se había ofrecido para cuidar de ella mientras tanto. Juan la acompañaba. Elsa le había dicho que sería difícil que pudieran volver a disfrutar de un chalé en Neguri para ellos solos durante todo un fin de semana. Él accedió, aunque no se olvidó de señalar que no estarían solos.

Como siempre que sus padres se ausentaban, la niña estaba intratable. Llevaba quejosa toda la mañana y se había negado a comer. Miraba malcarada cada nuevo plato que Elsa le ofrecía —macarrones, merluza rebozada, un sándwich de paté, pan con mantequilla…—, hacía amago de tomar un bocado y luego lo tiraba al suelo. Mientras Elsa intentaba negociar con ella, Juan recogía la comida esparcida por la alfombra del comedor.

Al biólogo no le caía bien la hermana de Elsa. La veía como alguien que en toda circunstancia reclamaba ser el centro de atención y se las apañaba para hacer sentir a los demás inferiores y no deseados. Parecía como si la hermana de Elsa marcara su territorio mediante señales visibles, como si tras ella quedara un rastro de colores chillones, y también de embriaguez no buscada y de leve dolor de cabeza. El comedor tenía molduras en el techo y cortinas de seda de color *chartreuse*. Entre los almohadones petit-point y las figuras de Lladró de gatitos tocando el violín, el acordeón y la flauta travesera, sobresalía una pareja de lámparas Napoleón III para las que la hermana de Elsa había diseñado unas pantallas nuevas con papel charol y alambre dorado.

Su marido era peor. Exigía al servicio —de vacaciones aquel fin de semana— que se dirigiera a él como «ingeniero». Ingeniero, ¿cómo querrá mañana los huevos del desayuno? Cada vez que lo oía hablar, Juan miraba para otro lado. Las patadas que Elsa le asestaba por debajo de las mesas no conseguían impedirlo. El marido encadenaba frases hechas y arrinconaba a Juan para hacerle confidencias.

Hacía poco que se conocían cuando le dijo que su mujer requería atenciones continuas y que a él eso le estaba jodiendo la vida. Con las mujeres, remachó el potencial cuñado, centímetro de terreno que pierdes, centímetro que nunca recuperas. Al biólogo le repugnaban esas confesiones deslizadas entre frases insulsas.

Por supuesto, tampoco le gustaba la niña, que a su edad seguía usando pañal. Para vaciar el intestino, se iba a un rincón, apoyaba las manos en la pared y empujaba como si quisiera derribarla. Esa mañana, mientras Elsa estaba fuera haciendo unas compras, Juan se había quedado solo con la sobrina y ella, después de empujar la pared un buen rato, le había pedido que «le cambiara el culo». Él la contempló sin saber a qué se refería. Creyendo que era alguna especie de juego, respondió que estaba ocupado y que se entretuviera sola. Lo dijo con el tono despectivo que empleaba con ella si no había nadie cerca. La niña había cogido un berrinche. Cuando volvió Elsa, la niña se estaba revolcando por el suelo.

Quiere que le cambies el pañal, explicó Elsa. Sus padres lo llaman así, ¿no te acuerdas? Ingeniero, hay que comprar culos para la nena.

Lo dijo con sorna y él sintió que eso los congraciaba, pese a que no habían llegado a discutir.

A fuerza de revolcarse, la niña había conseguido que el pañal se le desbordara.

De acuerdo, dijo Elsa claudicando, si no quieres nada, al menos déjanos comer a nosotros. Vete a ver la tele. Pero te advierto que se lo voy a contar a tu madre.

La niña corrió al salón y un momento después oyeron el televisor a todo volumen.

¡Más bajo!, gritó Elsa.

El volumen descendió un poco. Elsa y Juan bebieron el vino que habían cogido de la bodega sin permiso. Se les había pasado el hambre.

El biólogo no sabía nada de niños. Prefería hablar de su nuevo viaje. Esta vez el motivo era un lagarto. Se lo describió a Elsa con detalle y entusiasmo, aunque para ella siguió siendo un lagarto más.

Salamandras, serpientes, arañas…, dijo ella. A veces pienso que eliges esos bichos para ahuyentar a la gente y que te dejen tranquilo. No te basta con ir a los peores sitios del mundo.

Luego añadió: No te vas. Huyes. En cuanto surge la posibilidad de un viaje nos apartas a manotazos.

Él dijo que estaba exagerando.

Apenas. ¿Más vino?

Elsa se esforzaba por mostrar buen humor. El biólogo se iba el lunes. El fin de semana juntos era una despedida y hasta el momento no habían disfrutado de ella.

Te gusta estar solo.

A veces, reconoció él.

Muchas. ¿Por qué?

Elsa se protegía hablándole como si no los uniera ningún vínculo y ella lo interrogara llevada solo por la curiosidad, como si quisiera saber más sobre alguien peculiar que le acabaran de presentar.

El biólogo apartó la vista.

No me gusta cómo soy cuando estoy con otras personas. No me pasa siempre. Y no con todo el mundo. Contigo no, claro. Me pongo en tensión y eso tensa a los otros, lo que me incomoda más todavía. Así que prefiero quitarme de en medio: no molestar y que no me molesten. Supongo que no soy muy sociable.

Te he visto disfrutar con otras personas. Quiero pensar que conmigo lo haces.

Él le dio la razón.

No te gustan los enfrentamientos, continuó ella. Ese es tu problema. Huyes de ellos sin que te importe lo que tengas que sacrificar. Cuando estás solo no necesitas imponerte a nadie.

¿Mi problema?, dijo él. ¿Interpretas la soledad como una forma de cobardía?

Ella se mordió el labio.

Como una debilidad.

Él lo sopesó.

Es posible, dijo.

No pareces convencido.

¿Me tengo que convencer de algo? Siempre he sido así. Nunca he tenido muchos amigos. Hasta que te conocí, casi no había tenido relaciones con mujeres. Era bastante mayor cuando me acosté con alguien por primera vez, dijo sonriendo con timidez. A veces me gustaría desenvolverme mejor en sociedad, tener muchas amistades… Ser mundano. Imagino que eso haría las cosas más fáciles. Pero he acabado por decirme que si no soy así no es por timidez, sino por falta de verdadero interés.

Prefieres ser un bicho raro.

No soy un bicho raro.

Un poco.

Estoy contigo. Estamos bien juntos.

Después de lo que has dicho, supongo que tengo que sentirme halagada.

Desde el salón seguía llegando el sonido del televisor. Hacía rato que no oían a la niña.

Es mejor que vaya a ver, dijo Elsa.

Juan la siguió.

La niña se había dormido en el sofá. Estaba abrazada a un muestrario de tapicerías. Su madre lo había llevado a casa la última vez que redecoró el salón —lo redecoraba una vez al año— y ella lo había adoptado de inmediato, repudiando el sinnúmero de peluches que tenía en su cuarto. Consistía en una tira de tela de un metro de largo sobre la que había cosidos rectángulos de tapicería de diferentes colores, dispuestos de manera que se solapaban, desde el blanco al negro, pasando por los colores del arcoíris y sus tonos intermedios. Parecía el teclado multicolor de un piano. A la niña le gustaba abrazarlo y deslizar los dedos desde el blanco nieve al negro y desde el negro al blanco nieve, como si tocara escalas.

Qué guapa está cuando duerme, dijo Elsa, susurrando. Pero no perdamos el tiempo. Vamos a aprovechar el rato de paz.

¿De qué manera?, preguntó él, como si no supiera a qué se refería.

Un niño. Nuestro. Que no duerma abrazado a material de tapicero.

Nada de niños de momento, respondió él. Pero, si quieres, podemos follar.

Hijo de puta.

Elsa no había dejado de susurrar pero sus últimas palabras fueron como la alarma de un despertador.

¡Hijo de puta!, dijo la niña, y se puso a saltar en el sofá sin dejar de repetirlo.

* * *

Hola…

Se despertó cuando el sol ya estaba alto. A medio metro de sus ojos se transparentaba la silueta de una ranita que se paseaba sobre la tienda.

¿Has venido a presentarte?

La tocó por la parte interior del tejido y la rana dio un pequeño brinco y resbaló por el costado de la tienda.

Desayunó té y bizcochos sentado al borde de la cumbre y a continuación recorrió la meseta con más detenimiento que la víspera. Llevaba la cámara de fotos al cuello, metida debajo de la camiseta para protegerla de la humedad en la medida de lo posible. La rana que había ido a visitarlo a la tienda había desaparecido pero no tardó en encontrar más junto a una charca. Atrapó varios ejemplares con un cedazo y los guardó en frascos.

En el extremo de la meseta opuesto al campamento se elevaba un soto, una mancha de selva. Allí el recubrimiento terroso era más profundo y había permitido enraizar a los árboles. Se adentró con cuidado, apartando la vegetación con las manos, sin usar el machete. El mayor de los árboles, de unos seis metros de alto, crecía en el borde mismo de la cima y se ladeaba hacia el vacío en busca de luz. Enganchado en una rama, flameaba sobre el abismo un pendón parduzco, traslúcido y ajado. Cuando el biólogo se percató de lo que era, miró a su alrededor, alarmado e incrédulo. Escrutó el terreno y también las ramas que se estiraban sobre él. Había desenvainado el machete. Todo estaba en silencio, aunque eso no bastaba para sentirse tranquilo. Desenganchó el pendón y salió con él del bosquecillo.

En terreno abierto se serenó un poco. Estiró el pendón en el suelo. Era una muda de piel de serpiente. Por el tamaño, de una anaconda. La midió mediante pasos. Calculó ocho metros. Las pieles suelen estirarse durante la muda; aun así, aunque restara uno o dos metros, era un ejemplar muy grande.

Si en el cerro Autana había una anaconda, ¿cómo llegó hasta allí? No había constancia de macrofauna en otros tepuyes de paredes verticales.

No se detuvo a especular. Tenía trabajo que hacer. Antes de ponerse en marcha enrolló la piel. Era rasposa y crujiente. Cerca de dos kilos. Un extremo tenía la forma de la cabeza, con dos agujeros para los ojos. La guardó en la mochila.

Terminó el recorrido por la meseta prestando atención a dónde ponía los pies. En especial al pasar cerca de las charcas. No vio más rastro de anaconda alguna ni de ningún otro animal grande. De regreso en el campamento, ocupó el resto del día en estudiar las ranas recogidas y en hacer anotaciones en su cuaderno. Se trataba de una especie endémica, exclusiva del tepuy y hasta entonces desconocida. Ya se imaginaba el artículo que publicaría en Nature y las posteriores conferencias, aliñadas con el relato de su expedición en solitario al cerro Autana. ¿Cómo bautizaría a la rana? ¿Ranita de Elsa? ¿Elsiana? ¿Le gustaría a ella? Sería una prueba de que la seguía recordando, pese a todo y después de tanto tiempo.

¿Por qué hemos venido aquí?, preguntó ella.

Tú lo propusiste.

¿Por qué? Es horrible. Es horrible si lo piensas.

Olvidándose de que calzaba sandalias, Elsa dio una patada al suelo reseco y se machacó el pulgar. Saltando sobre el otro pie, fue a sentarse en los restos de lo que quizás fue la pared de una casa. Apretó los labios y cerró los ojos con fuerza.

Juan le pasó un brazo sobre los hombros.

¿Te has hecho daño? Déjame ver.

Sin abrir los ojos, ella negó con la cabeza.

Se habían detenido en las ruinas de Gortina. Estaban en Creta, de viaje de novios.

Elsa resopló a la vez que agitaba una mano frente a la cara, como si se librara de una vaharada fétida.

Mira eso. ¡Pero mira eso!, dijo levantándose y señalando al frente, con asombro e indignación fatigada, como si acabara de llegar a casa y, una vez más, se hubiera encontrado con que la asistenta no había limpiado las ventanas o fregado los platos, como ella le había ordenado que hiciera.

Antes habían paseado en silencio entre los restos de la antigua ciudad. Eran los únicos visitantes. En una caseta de madera al borde de la carretera, una chica muy joven, casi una niña, les había vendido las entradas, de mal humor porque había tenido que interrumpir la partida de *backgammon* que estaba jugando con una amiga. El calor hacía que las ruinas parecieran más genuinas. Entraron en una basílica tomada por los pájaros, que anidaban en cada mechinal y en cada hueco dejado por los sillares desprendidos. El piar, taladrante, los ahuyentó. Se sentaron en un coqueto teatro. Caminaban despacio, arrastrando la mano sobre muros y paredes como si fueran críos. La hierba estaba crecida y ocultaba columnas derribadas. Al avanzar espantaban a saltamontes pardos, grandes como un pulgar, que brincaban hasta la altura de sus ojos. Al refugio del templo a Isis y Serapis orinaron en el suelo, mirándose a los ojos, sonrientes.

¿Te has fijado en que al *backgammon* de las chicas le faltaban fichas?, dijo él. Las han sustituido por piedras. ¿Las habrán cogido de las ruinas?

Seguro, dijo ella secándose con un pañuelo de papel.

Se detuvieron en un rincón tan descuidado como el resto.

Mira eso. ¡Pero mira eso!, dijo Elsa, molesta al caer en la cuenta de lo que estaban mirando.

Tenían delante un desangelado plátano mediterráneo, de unos tres metros. Su base estaba rodeada por una manguera con perforaciones, un burdo sistema de riego. Alguien había dejado el grifo abierto demasiado tiempo y el suelo se había encharcado. Más allá la tierra era gris, fea. Sobre los charcos flotaba una capa de polvo. Era un sitio anodino pero si se asociaba con algo negativo, por poco importante que fuera, enseguida parecía sórdido.

Según el panel explicativo, Zeus había violado a la ninfa Europa a la sombra de aquel árbol. El dios se había encaprichado de ella y, bajo la forma de un toro blanco, la había raptado en Tiro. Montada sobre su lomo la había llevado hasta aquel rincón de Creta para gozar de ella a su antojo.

Qué espanto, dijo Elsa.

Cuando a Elsa le desagradaba algo, entrecerraba los ojos y desviaba la cabeza, como si lo que tenía delante, más que incomodarla, la deslumbrara.

¿Qué espanto? ¿El qué?

Esto. Todo. Un sitio para la violación y el bestialismo.

Hizo una pausa, respirando hondo, como si estuviera agotada, y añadió: ¿Zeus volvió a cambiar de forma o cuando la violó seguía siendo un toro?

Ni idea, respondió él. No sé nada de mitología.

Luego dijo: A lo mejor la polla de un toro era más tolerable para ella que la de un dios.

Elsa resopló.

A continuación Zeus regaló a Europa, dijo él leyendo el panel, un autómata de bronce, un perro de caza que nunca soltaba su presa y una jabalina que nunca erraba el blanco.

Eso lo compensa, ¿no? Eres muy comprensivo tú.

En cualquier caso, está claro que no es el árbol original.

Eso todavía lo empeora. Alguien lo cambia cada cierto tiempo para que sigamos recordando el escenario de una violación.

No digamos tonterías. Aquí no pasó nada.

De regreso al coche, Juan se despidió de las chicas de la caseta mediante un gesto. Ellas lo miraron como si fuera un entrometido.

¿Sigues queriendo ir a Matala?, preguntó a Elsa.

Ella dijo que sí y luego repitió que él era muy comprensivo.

¿Qué quieres decir?

Comprensivo con todo lo que hace la gente.

Nunca me he detenido a pensarlo. No me tengo por alguien muy comprensivo.

Es verdad. A lo mejor no lo eres. A lo mejor lo que pasa es que casi nada te importa.

Si fuera así, dijo él sacando del bolsillo las llaves del coche, no te habrías casado conmigo.

Supongo que no.

Dentro del coche hacía demasiado calor y la tapicería de vinilo quemaba. Dejaron las puertas abiertas para que se ventilara y esperaron fuera fumando un cigarrillo, para mayor enojo de las chicas de la caseta. Al cabo de un rato, aburridos, extendieron sobre los asientos las toallas de playa y se fueron.

Durante los días siguientes continuó recolectando ejemplares, hizo fotos de las ranas en su hábitat, tomó muestras del suelo, del agua de las charcas y de la vegetación de las orillas. Por las tardes, en el campamento, medía los ejemplares con un calibre y tomaba notas sobre su morfología. Su equipo estaba esparcido frente a la tienda de campaña. En sus expediciones descuidaba el orden. Le gustaba la inmovilidad de los objetos, poder dejarlos en cualquier sitio sin temor a que nadie los tocara, los bidones de agua potable, el repelente de mosquitos. Como mucho, los colibríes volaban curiosos a su alrededor. La soledad también era una forma de control. Cuando vivía con Elsa, ordenaba y limpiaba la casa con afán obsesivo. No podía irse a dormir si había platos sucios en el fregadero. Cada prenda de ropa debía estar en su percha o cajón. Más adelante concluyó que lo hacía para rebajar la presencia de Elsa. No pudiendo librarse de ella, reducía su rastro. Aunque solo conseguía aumentar la tensión. Era como vaciar el mar con un cubo. Siempre había un vaso con huellas de labios en la mesilla de noche o libros descolocados en la estantería.

Escribía a la luz de una lámpara de gas, abrigado con un jersey de lana y con una manta sobre las piernas, como si estuviera en los Alpes. Formando una línea: frascos con ranas flotando en alcohol, pegadas al cristal, como si lo observaran. Entrada la noche iba a las charcas y grababa el canto de los anfibios. ¿Rana de Elsa? ¿Rana de Elsa Autana? ¿Y si al nombre de ella le añadía el apellido de él? Cuando se casaron, Juan bromeó con que ella adoptara su apellido. Naturalmente, Elsa se negó. Si le daba a la rana su nombre de casada, ella no podría hacer nada.

No hablaba solo. De cuando en cuando se le escapaba una exclamación o hacía una pregunta en voz alta, pero no hablaba solo. Hablaba con su cuaderno de notas o con la rana que tenía delante.

No encontró más señales de la anaconda. Desenrolló la piel, que formó un camino recto, con la cabeza apuntando al campamento. Visto desde el extremo de la cola, el campamento parecía muy lejano, como si contemplara sus cosas a través de un catalejo puesto al revés. Dedujo que la piel había llegado al tepuy llevada por el viento. Desde el filo de la meseta a veces se veía el cielo azul y abajo un mar de nubes bajas. Corrientes de aire ascendentes levantaban jirones de nubes, como olas que rompieran contra la pared del tepuy. Imaginó la piel de la anaconda elevada por una de esas corrientes, la cabeza inmóvil, fijos los ojos en el objetivo celestial, espolvoreando un rastro de escamas, reptando por el aire, el alma de una anaconda, y quizás un rayo de luz a modo de guía y celebración, y entonces el árbol se estiraba y frustraba el ascenso, la condenaba a lo transitorio vuelto eterno, las escamas y la corteza formaban un velcro natural y el rayo de luz retrocedía y desaparecía entre las nubes. El biólogo regresó al soto. En efecto, el árbol parecía tenso, como si hubiera cambiado de postura por un arrebato. Las raíces asomaban de la tierra. Apenas podían sostenerlo.

Pero seamos realistas. Un reptil de ese tamaño tiene que dejar más rastros. Este sitio es pequeño. Si no he visto nada puede que ya no esté, que se haya despeñado.

Cuidaba el material. Se recreaba en las rutinas. Ya eran muchas las expediciones en solitario. El Manual de supervivencia del S.A.S. era su Biblia. Lleva cerillas impermeables. Córtales el mango por la mitad para ahorrar espacio. No por eso dejes de llevar pedernal. Eres tan afilado como lo esté tu cuchillo. Inevitable reírse.

Paseaba entre las plantas carnívoras. Se asomaba a su interior con curiosidad y disimulo, como al escote de una mujer. Dentro: élitros y caparazones.

Hacía sus necesidades en una sima. Imaginaba que sus deposiciones caían hasta el suelo, que nada sucio quedaba en su tepuy. Murciélagos colgados cabeza abajo las miraban de reojo cuando pasaban a su lado.

Lamentaba que el tiempo transcurriera tan rápido. Temía no poder hacer todo lo que quería, no disfrutar lo bastante del tepuy. Cuando pensaba así, se movía más despacio, ralentizaba lo que estuviera haciendo. Si él iba más lento, el tiempo también. No había llevado radio porque temía llamar para retrasar el regreso del helicóptero, una vez tras otra.

El helicóptero…

Después de varios días en el tepuy, que el helicóptero volviera no solo era algo en lo que no quería pensar sino algo que parecía imposible. Aquel no era sitio para un helicóptero, con su piloto, su ruido y su urgencia. Le habría parecido más natural que cualquier noche descendiera del cielo un carro de las estrellas. Un cubo de paredes doradas que bajara en una vertical perfecta. Un panel se descorrería en un lateral, mostrando el interior: en el centro, un soporte cilíndrico que servía de asiento para el piloto y como depósito de combustible. Unido a través de un eje a la pared de enfrente, el volante, un mero disco. Volante y asiento del mismo metal dorado que el resto de la nave. Y de pronto, en la abertura, la silueta del tripulante.

Llegó la fecha de recogida. El tepuy amaneció envuelto en bruma y así continuó el resto del día. El helicóptero no apareció. El biólogo lo había recogido todo. Sacó lo esencial para pasar la noche. No había motivo para preocuparse. Ya había contado con las adversidades meteorológicas. Tenía agua y provisiones para varios días más.

A la mañana siguiente lo guardó todo de nuevo. El cielo estaba cubierto. Se despejó unas horas al comienzo de la tarde pero el helicóptero tampoco apareció. Luego volvió a encapotarse y empezó a llover. Montó la tienda a toda prisa.

Al tercer día llegó el helicóptero. El biólogo no se lo esperaba. Ya estaba anocheciendo. Durante todo el día las nubes no habían dado tregua.

El biólogo esperó al aparato en una zona llana y firme, donde podría posarse sin problemas. Le indicó por señas que descendiera. El helicóptero se posó y el biólogo corrió con la cabeza gacha, cargado con la primera tanda de bultos. Pero el estruendo se apagó y las aspas se detuvieron. El piloto se apeó de un salto y, como si no sucediera nada, le preguntó qué tal estaba. El biólogo respondió que estaba bien. ¿Qué problema había? ¿No se iban? El piloto respondió que esa tarde no volvería a volar. El cielo estaba mal. Mañana mejor.

¿Qué pasa, amigo? ¿No te alegras de verme?

El biólogo respondió que suponía que podía quedarse una noche más.

Yo he traído lo mío, dijo el piloto, y le enseñó una botella de licor de hinojo. Puedo dormir en el helicóptero. Por mí no te preocupes.

Cenaron a la luz de la lámpara de gas. El piloto no dejó de hablar y de rascarse los sobacos. Cuando se acabó su sándwich encendió un cigarrillo y al acabarlo dejó caer la colilla al suelo y la pisó.

No hagas eso, dijo el biólogo, y le tendió una bolsa cerrada.

El piloto la abrió, sin entender qué pasaba, y soltó una exclamación de desagrado. Dentro estaban las colillas de todos los cigarrillos que el biólogo había fumado aquella semana.

¿Has trabajado mucho?, preguntó el piloto, socarrón. Lo hizo mirando la oscuridad circundante, como si esperara ver algún cambio fruto de la labor del biólogo, o como si se preguntara qué coño se podía hacer allí.

He trabajado, dijo el biólogo. Buenas noches.

Antes de meterse en la tienda de campaña dio unos consejos al piloto. Era mejor que no se alejara. En las zonas donde la roca afloraba, el terreno era irregular y traicionero. Sus necesidades, en la sima. Si se apartaba del campamento, tenía que llevar una linterna.

Desde la tienda oía moverse fuera al piloto, que rezongaba y canturreaba, tropezaba y se le caían cosas.

Hubo un tiempo, antes de ir a Venezuela, en que Juan creyó que para él el silencio era una necesidad física, como si en su interior existiera un sistema de distribución, similar a la red arterial, que repartía el silencio por todo su cuerpo, ramificándose para llegar hasta el último rincón. Ese sistema de distribución de silencio partiría de los oídos.

Por fin el piloto se calló.

Cuando por la mañana Juan salió de la tienda, contempló el campamento recorrido por las huellas del piloto. Había colillas en el suelo, que recogió indignado. El cielo estaba limpio, podían irse. Preparó té y fue al helicóptero para despertar al piloto. No estaba allí. Lo llamó. Fue a la sima que le había indicado que usara como letrina. Volvió al campamento. Siguió llamándolo.

Se sentó, tratando de calmarse. Tomó una taza de té. El piloto regresaría enseguida de donde fuera que se hubiera metido. O a él se le ocurriría dónde podía estar.

Al cabo de un rato todo seguía igual.

Batió la meseta. A lo mejor aquel imbécil había tropezado en la oscuridad y se había golpeado con una roca, o se había bebido todo el licor y dormía la borrachera entre las plantas carnívoras. O se había caído por la sima al ir a mear. O se había despeñado por el borde del tepuy.

No dejó de revisar el soto. Tampoco lo encontró allí, pero al ver el árbol que se proyectaba hacia el vacío se le ocurrió otra posibilidad.

De ninguna manera.

No había visto ninguna serpiente en todo el tiempo que llevaba allí.

En el camino de regreso al campamento se detuvo en la mayor de las charcas. El fondo se mantenía inescrutable. A las anacondas les gusta refugiarse en cavernas subacuáticas, semanas enteras, dormitando mientras digieren sus presas. Aun así, era más probable que el imbécil se hubiera acercado demasiado al borde del tepuy y perdido pie.

Por la tarde, después de volver a patear la meseta, concluyó que el segundo ser humano en pisar el cerro Autana había desaparecido.

Tomó asiento en la cabina del helicóptero, en el puesto del piloto. Tenía una palanca de mando entre las piernas y otra a su izquierda, ambas con botones y gatillos. Había pedales. Había pulsadores y diales frente a él, a un costado y encima de su cabeza. Aunque consiguiera poner en marcha el helicóptero, hacerlo volar supondría una muerte cierta. Sería más seguro bajar por la pared. Ni siquiera sabía encender la radio. ¿Tenía que estar el helicóptero en funcionamiento? ¿Y si al arrancarlo se elevaba de pronto? Apretó un botón con el rótulo STARTER y no sucedió nada. Lo intentó con más botones, haciendo sonar una alarma tras otra, hasta que acertó a conectar las baterías. Probó de nuevo la radio, que emitió un zumbido.

¿Hola? ¿Hola? ¿Alguien me recibe?

Zumbido.

Estoy en el cerro Autana. Estoy posado en el cerro Autana. He perdido a mi piloto.

Zumbido.

Pensó que «He perdido a mi piloto» sonaba confuso y absurdo.

Necesito ayuda. Estoy en el cerro Autana.

Cuando ya iba a cortar la emisión se le ocurrió añadir:

S.O.S. Desde el cerro Autana. S.O.S.

Desconectó las baterías y se quedó mirando al frente, mascándose los carrillos. Un par de ranitas se paseaban por el exterior del cristal.

Inspeccionó la cabina. Encontró una caja de color naranja. Dentro había seis bengalas y una pistola para lanzarlas, además de un silbato y un espejo de señales. Siguiendo las instrucciones que había en la tapa, introdujo una bengala en la pistola. Eran las cuatro de la tarde y el cielo se estaba encapotando. Fue al borde del tepuy y disparó en la dirección por donde había llegado el helicóptero. Sonó como un petardo. La bengala subió, se iluminó y bajó dejando una estela de humo blanco. Se apagó antes de llegar a la selva.

En cuanto anocheció lanzó otra bengala, con la esperanza de que en la oscuridad fuera más visible. Probó de nuevo con la radio.

En la tienda, inventarió el agua y la comida que le quedaban. Racionándolas, le durarían una semana. Decidió disparar otras dos bengalas al día siguiente, una al mediodía y otra al anochecer, y emitiría llamadas de S.O.S. por la radio cada par de horas. Las bengalas restantes las guardaría para señalar su posición si veía un avión o un helicóptero.

No había revelado a nadie el destino de la expedición. Quería asegurarse de que no se le adelantaran. Ahora confiaba en que el piloto no hubiera sido tan discreto como él, y que tuviera una familia y amistades que se preocuparan y alertaran de su desaparición.

¿Cómo que te marchas?, preguntó Elsa. No hablas en serio. No puedes dejarme sola ahora.

Ha sido algo repentino.

Ya. Repentino. Seguro. Y muy urgente también. ¿No puedes esperar dos semanas? ¿Una por lo menos?

Él rehuyó su mirada.

Hostia, es que no me lo puedo creer, dijo ella.

Se habían refugiado en su dormitorio. El suelo del pasillo estaba cubierto con cartones y los obreros apilaban contra una pared las cajas con los sanitarios que estaban descargando de una furgoneta. Desde el cuarto de baño llegaba el rechinar de una cortadora de azulejo. Todo en la casa estaba cubierto por una capa de polvo de color adobe. Daba igual que mantuvieran cerradas las puertas de las habitaciones donde los obreros no tenían que entrar. En su dormitorio habían sellado el armario con cinta adhesiva, que reponían cada vez que lo abrían para cambiarse de ropa. Sobre la cama habían extendido una colcha vieja. Cuando los obreros terminaran con aquel cuarto de baño empezarían con el segundo. Después cambiarían la cocina y seguirían con el resto de reformas.

¿Cuánto tiempo estarás fuera esta vez?

Un mes, calculo.

¿Como mínimo o como máximo?

Como mínimo.

Hostia. ¿Y te vas ya?

Él asintió.

En el pasillo se oyó el golpe de algo pesado al caer al suelo y dos obreros discutieron a gritos.

¿No vas a ver qué pasa?, preguntó Elsa.

Si es grave vendrán a decírnoslo.

Dejaron pasar unos segundos. La discusión se aplacó.

Bueno, dijo ella, al menos, antes de que te vayas corriendo, tenemos que decidir algunas cosas.

¿El qué?, preguntó él, conteniendo un suspiro.

La pared del salón, ¿la tiramos o no?

Ya lo hemos hablado.

Perderíamos una habitación. Y vamos a necesitarla para los niños.

¿Ahora van a ser varios?

Tranquilo. De momento no hay ninguno.

Como él no dijo nada, ella añadió: Pero tanto si son varios como si es solo uno, hará falta una habitación, ¿o no?

Haz lo que quieras.

Sin tu ayuda no puedo hacer lo que quiera.

Elsa fue a sentarse en la cama pero al ver la colcha polvorienta caminó hasta la ventana y miró hacia fuera.

Hay más cosas que decidir. El color de la pintura. Las manillas de las puertas.

Puedes ocuparte de todo. Lo harás mejor que yo.

Quería que la casa quedara a gusto de los dos.

Y quedará.

Ella siguió mirando por la ventana, cruzada de brazos. Él no sabía qué hacer. ¿Podía irse ya?

Eres un egoísta.

Es por trabajo, Elsa. Es importante.

Y una mierda. Eres un egoísta y un hijo de puta. Un egoísta, un hijo de puta y un cobarde.

¿Cobarde? Hay que ser muy valiente para hacer lo que hago. La mayoría de la gente se cagaría de miedo.

Adelante, dijo ella volviéndose. Eres libre, si es lo que quieres. Lárgate y no vuelvas.

Enroscó la hoja del cuaderno y la introdujo en la botella de whisky. El mensaje decía que estaba atrapado en el cerro Autana y que se había quedado sin provisiones, explicaba quién era y por qué y desde cuándo se encontraba allí. Lo había redactado en castellano e inglés. Enroscó el tapón. Previamente había hecho jirones una camiseta roja y atado unas tiras al cuello de la botella para hacerla más visible. Se situó en el borde del tepuy y arrojó la botella todo lo lejos que pudo. Al verla caer, haciéndose ridículamente pequeña, pensó que las probabilidades de que alguien la encontrara eran ínfimas, pero alguien había encontrado la rana que tenía la culpa de su situación.

Se abrigaba con un poncho impermeable y siempre llevaba colgado al cuello el espejo de señales. En cuanto salía un rayo de sol, lanzaba un S.O.S. en morse. Pese a que intentaba no hacerlo, era inevitable que alguna vez se viera reflejado en el espejo. Tenía las mejillas hundidas y los ojos también parecían habérsele metido hacia dentro. Le había crecido mucho la barba, erizada y canosa. Se le había acabado el repelente de mosquitos. Se protegía la cara con una capa de barro.

Llevaba seis semanas en el tepuy. Hacía mucho que las provisiones se habían terminado. El agua no era un problema. La humedad y la diferencia de temperatura entre la noche y el día le garantizaban una buena provisión de rocío matinal. Nada más despertarse, recorría los alrededores de su nuevo campamento empapando una camiseta con el rocío que cubría tallos y hojas. La escurría sobre un cazo. Tardaba una hora en acopiar la cantidad para un día. Si estaba demasiado cansado recurría a las *Heliamphoras*. Las hojas de estas plantas carnívoras tenían forma de tubo vertical, de unos treinta centímetros de alto, y en ellas se acumulaba agua de lluvia. El néctar atraía a los insectos, que se ahogaban en la trampa acuática y eran digeridos. De una *Heliamphora* llena podía obtener hasta un litro de agua, que filtraba con un pañuelo para retirar los restos de insectos.

A veces, mientras recogía agua rodeado de plantas carnívoras, se erguía y miraba boquiabierto a su alrededor, como si hubiera olvidado dónde se encontraba o como si algo o alguien que creía tener al lado ya no estuviera allí.

En cuanto a la comida, batió la meseta en busca de huevos de pájaros. Los comía cocidos. En un mes los esquilmó. Desde entonces su dieta se basaba en escarabajos. Cuando tenía unos cuantos, les arrancaba el caparazón y los asaba sobre brasas. Eran nutritivos e incluso sabrosos, pero insuficientes. Acumular un puñado, que apenas daba para una comida, podía requerir medio día, y cada vez resultaba más difícil encontrarlos. Casi no quedaban troncos ni piedras que voltear en busca de insectos. Pronto superó sus reparos a comer larvas. Las presionaba con la lengua contra el paladar hasta reventarlas.

Recogía agua. Buscaba comida. Intentaba economizar energías. Lanzaba señales de auxilio. Escrutaba el horizonte, a menudo oculto por la bruma. Temía la llegada de la estación lluviosa.

Había trasladado el campamento al helicóptero. Era un Huey UH-1D, como los que en aquel momento sobrevolaban las junglas de Vietnam entre ráfagas de ametralladora y espirales de humo de colores, los pilotos impávidos tras sus gafas de espejo, y detrás artilleros con las huellas dactilares borradas por manipular la ametralladora recalentada, y el clac, clac, clac de las balas contra el fuselaje, y sanitarios que se debatían para inyectar una vía de morfina a heridos con extremidades sujetas nada más que por hebras de tegumento y la tela del uniforme, y el suelo cubierto de sangre, que llovía sobre los árboles cuando los aparatos basculaban para alejarse del fuego enemigo, pequeños escenarios dramáticos volantes en un cielo donde cada molécula de aire aplaudía y bramaba.

Juan dormía dentro. En la parte trasera de la cabina había una zona de carga a la que se accedía por sendas puertas correderas en los laterales. Recogiendo los asientos abatibles tenía espacio para tenderse en el suelo.

La vegetación se abrazaba a los patines.

Del piloto no había encontrado ni rastro. Se había volatilizado junto con su botella de licor de hinojo. Cada mañana, durante días, Juan había visitado la charca grande, a la espera de que los gases devolvieran el cuerpo ahogado a la superficie.

Cada vez que hacía sus necesidades en la sima, pensaba que el cadáver podía estar atascado unos metros más abajo, cubriéndose de excrementos como una estatua sobre la que se posaban las palomas. La mierda ya no se evacuaba del tepuy.

¿Por qué nadie ha venido a buscarte, imbécil? ¿Dónde coño están todas aquellas mujeres de las que presumías, los otros pilotos a los que ganabas a las cartas?

Sus esfuerzos, cada vez más insistentes e imaginativos, por alertar de su situación tampoco habían tenido éxito. La radio del helicóptero había dejado de funcionar cuando se agotaron las baterías. No había visto ninguna aeronave en el cielo ni ningún hilo de humo que se elevara entre las copas de la selva. Ceguera no estaba lejos. Tendría que haber divisado algún bongo navegando por el caño junto al poblado. ¿Se habían ido todos? Después de llamar insistentemente por radio, lanzar bengalas y emitir destellos con el espejo había llegado a pensar que el mundo le daba la espalda o que él se había convertido en el último hombre sobre la Tierra.

* * *

En Ceguera los niños jugaban en el caño antes y después de ir a la escuela. Desnudos, con el agua por las rodillas, sostenían lo que el biólogo, la primera vez que los vio, pensó que eran cañas de pescar. Un vara con un cordel atado en una punta y, en el otro extremo del cordel, un tosco barco tallado en madera. Tiraban de las varas y hacían que los barquitos remontaran la corriente.

Uno a uno, los niños desaparecieron. El caño se llevó sus barquitos.

Entonces, si no hay nadie, ¿qué importa que me rescaten o no? Aquí no estoy peor que en otros sitios.

Aunque me las apañara para bajar, ¿cómo saldría de la selva?

Cada tarde sentía una ansiedad que aumentaba a medida que pasaban las horas: un temor a la llegada de la noche y al aburrimiento que traía consigo. No le había sucedido en ninguna expedición anterior. Echaba de menos cepillarse los dientes con pasta abundante, las servilletas bordadas, entrar en el probador de una tienda de ropa con dos pantalones y tres camisas.

Nunca había temido la soledad pero le aterraba no tener nada que hacer. Al principio de su segunda época en el tepuy había seguido estudiando a las ranas para mantener la mente ocupada; sin embargo, al cabo de pocas semanas la recogida de rocío y la búsqueda de comida bastaban para agotarlo. Su cuaderno de notas estaba guardado en el fondo de la mochila, protegido por dos bolsas de plástico. La supervivencia en el cerro Autana no tenía nada que ver con los retos exigentes y vivificantes que exponía el manual del S.A.S., no había que rastrear huellas de grandes animales, ni confeccionar trampas con ramas tensionadas y picas de madera, ni enfrentarse al riesgo de congelación. Se reducía a una rutina cansada, tediosa, que cualquiera podría acometer. Sentida así, la supervivencia era una forma de inactividad.

La monotonía del futuro que se extendía ante él hacía que su mirada se volviera hacia el pasado y lo escrutara de forma implacable. Juan veía su vida como un edificio con aspiraciones monumentales diseñado por un mal arquitecto. Faltaban elementos básicos y el revoque exterior empezaba a desmoronarse. Las casas colindantes estaban demasiado cerca, robándole la luz. Cuando soplaba el viento, la ropa colgada a secar en los tenderos vecinos —calzoncillos viejos, pantis cedidos— ondeaba y sacudía la fachada de Juan. Su memoria echó abajo puertas de cuartos clausurados, asustó a camadas de ratones, hurgó en las egagrópilas regurgitadas por las lechuzas.

Su madre lo reñía diciendo: Cuando eres tonto, eres tonto.

Él enrojecía de furia y vergüenza por la pobre forma de hablar de la mujer y su gusto por la tautología. Prefería no pensar en lo que decía cuando él no estaba presente para corregirla.

Le reprochaba que la frase no tenía sentido, que al menos tendría que añadir un «muy» en la segunda parte, para enfatizar. Cuando eres tonto, eres muy tonto.

¿Ves lo que te digo?, remachaba ella, meneando la cabeza.

De pronto, no podía evitar acordarse de amigos de los que hacía años que no sabía nada, de su familia y de Elsa. Temiendo no volver a verlos, lo atormentaban los desaires que les había dedicado y que ahora recordaba multiplicados, imperdonables. Tumbado en el helicóptero, gemía y se golpeaba el pecho, prometiendo desagraviarlos a todos y cada uno si conseguía salir de allí. Los sentimientos movedizos se concretaban y arraigaban, purificados de elementos contaminantes.

Aún le quedaban recursos. Podía extraer el combustible del helicóptero y encender una gran hoguera. Podía quemar un árbol o el soto entero, convertir el tepuy en una almenara visible desde cada rincón de la selva.

Solo le había impedido hacerlo el miedo a que el fuego se propagara.

Y aunque alguien lo viera y estuviera dispuesto a prestarle ayuda, ¿no pensaría que el incendio lo había causado un rayo?

Temía las alucinaciones, inclinarse sobre una charca para refrescarse y ver reflejada una cara que no era la suya y que lo miraba con gesto censurador. Contra las pesadillas no podía hacer nada.

* * *

Siempre tenía hambre. Cuando vio la botella de whisky con el mensaje emitir un último reflejo antes de desaparecer entre los árboles, se dijo que no podía seguir aplazando lo inevitable.

Aguardó a que se hiciera de noche. El ansia le provocaba calambres en el estómago. Ocupó la espera en buscar una rama adecuada: recta, de algo más de una pulgada de grosor. Con el machete cortó un trozo de un metro.

Con la caída de la oscuridad se encaminó a la charca más cercana. Se alumbraba con la linterna. Desde la desaparición del piloto apenas la había usado, para que las pilas duraran todo lo posible. Se quedó muy quieto. Lentamente, barrió la orilla con la luz. Cuando una rana se detenía deslumbrada, le asestaba un garrotazo. Tuvo que moderar el ímpetu. Las primeras las despanzurró. El resultado, manchado de sangre y barro, no era muy apetecible.

En el campamento encendió una hoguera usando el pedernal. Espetó las ranas en una ramita y las asó. Después de quitarles la cabeza, las tripas y de despellejarlas no quedaba mucho que comer, pero le parecieron lo más exquisito que había probado nunca.

Las incorporó a su dieta. Intentaba no comer ranas todos los días y no comer muchas cada vez.

No quería agotar las pilas de la linterna y recorrer el tepuy a oscuras era arriesgado. Ideó un método para cazar ranas de día. Confeccionó un pequeño anzuelo de madera y lo ató al extremo de un cordón de sus botas. Buscaba un escarabajo, lo ensartaba en el anzuelo y lo lanzaba hacia la orilla de una charca. Sosteniendo el otro extremo del cordón, se tumbaba a esperar entre la hierba. Hacía esto una tarde cuando vio por primera vez a la anaconda. Salió del suelo de roca, de una abertura que tenía el diámetro de su cuerpo, como una funda de piedra. Manó hacia arriba. No cesaba. Seis metros de serpiente, puede que siete, pero podrían haber sido sesenta, puede que setenta. Tuerta y vieja. Ignoró al paralizado biólogo. Salió asimismo del agujero en la piedra, o se congregó de pronto, una nube alargada de moscas y mosquitos que la sobrevolaba. Tenía cicatrices, heridas y calvas en las que había perdido las escamas y la carne quedaba al aire. Tumbaba plantas carnívoras. Las *Heliamphoras* vertían sus depósitos de agua como ofrendas. Abría un surco en el barro por el que se podría abastecer de agua a un pueblo.

Entró en la charca. La cabeza asomó por el otro extremo cuando la cola aún no había entrado en el agua. Para entonces el biólogo creía que, desde que la vio asomar de la roca, habían pasado horas, en parte por la calma del reptil. De pronto la cabeza se proyectó hacia delante y la rana que se acercaba curiosa al anzuelo del biólogo desapareció. Siguió un instante de parálisis en todo el tepuy, mientras se producía la deglución. Y la serpiente continuó su camino.

El biólogo la siguió a metros de distancia, guiado por el oscilar de los tallos, con el vello de la cerviz erizado, machete en mano, gesto que no lo hacía sentir seguro, más bien ridículo. La anaconda llegó a la charca grande y se sumergió, anillo tras anillo, y al igual que el fondo se hizo invisible, y no volvió a salir en todo el tiempo que el biólogo pasó a la espera de no sabía qué. Las anacondas pueden permanecer sumergidas mucho pero no tanto. La charca debía de estar comunicada con una caverna, quizás donde la serpiente había permanecido oculta las semanas anteriores. ¿En el fondo de la charca reposaban los huesos mondos del piloto, regurgitados junto con la ropa y las botas?

Volvió al campamento a paso ligero. Se encerró en el helicóptero y la llegada de la noche le preocupó más que nunca. La anaconda era todo lo que tenía para pensar. Revivió la entrada en escena, surgiendo del agujero en la roca, que imaginó recto, un tubo vertical, donde la serpiente habría estado insertada como un gran signo de exclamación, contemplando el pequeño círculo de cielo. Pensó que el tepuy estaba atravesado por simas y cuevas que debían de intercomunicarse y permitían a la anaconda desplazarse discretamente a su antojo. Para ella, salir a la meseta sería como subir a la azotea de su edificio.

Cuando se durmió, soñó con la anaconda. Sobre el cielo, en grandes letras de neón, vio escrito: «Una» y se oyó a sí mismo leerlo en voz alta. Luego el sueño cortó a un primer plano de la anaconda, que lo miraba de frente. Detrás de ella: un telón de terciopelo negro adornado con estrellas de papel dorado, una media luna bonachona y un cometa de cola flameante. La serpiente asentía mientras Juan se oía repetir: «Una, Una…».

Decidió así, al despertar, que la anaconda era una hembra y que se llamaba Una.

A partir de entonces la vio con frecuencia, no todos los días pero sí muchos. Los días en que no la veía eran los peores.

Padecía inquietud por su paradero y sus maquinaciones. Buscarla y observarla era un modo de mantenerse ocupado. Se preguntaba cómo había llegado Una al tepuy. Quizás en el pasado hubo una ruta para acceder a la cima, ruta que quizás la misma Una desmoronó con su contorsión al ascender por ella, borrando el camino tras de sí.

No le cabía duda de que Una era el mayor animal que habitaba en el tepuy. Había envejecido en un entorno sin depredadores. Bien podía tener cincuenta años. La edad y una dieta más frugal de la que habría llevado en la selva, pensaba él, eran las causas de su parsimonia. ¿Qué come Una? ¿Lo mismo que yo? ¿Ranas y huevos? ¿Se adentra en los túneles del tepuy y sorprende a murciélagos dormidos? El tepuy es su paraíso, su Olimpo.

El biólogo pasó de único morador del cerro Autana a intruso.

En un costado del helicóptero, donde en una aeronave de combate el piloto se vanagloriaría de su pericia pintando pequeños aviones que recordarían los blancos derribados, Juan intentó llevar un calendario. Un día, una raya trazada con una piedra puntiaguda. Recordaba la fecha de su llegada al tepuy y la de la desaparición del piloto, luego los días empezaban a confundirse. Hizo una estimación del tiempo que llevaba en el cerro. Pasó media mañana rayando el helicóptero. Se cortó en una mano con la piedra. Total, para no estar seguro del resultado.

Un día, una raya. Cuando me despierte por la mañana.

Pero si había soñado con Una o la sentía cerca, se olvidaba.

* * *

La lentitud de la serpiente era engañosa. La divisó un atardecer, enroscada en un árbol del soto, en la cornisa de la meseta, toda ella pegada a la madera, como un muelle dentro del que el retoño hubiera crecido hasta ser árbol. Una lechuza apareció volando desde el mundo de abajo y el muelle se disparó, asomándose varios metros sobre el vacío, la boca abierta ciento ochenta grados. Al cabo de un parpadeo la boca volvía a estar cerrada y de los costados asomaban unas alas en movimiento. Todo el árbol tembló y se desprendieron hojas, que cayeron girando hacia la selva.

Sentado en el helicóptero, con los pies colgando fuera del aparato, vio moverse la vegetación, un oscilar que avanzaba hacia él. Cuando Una estuvo a una decena de metros todo quedó inmóvil. Un momento después el oscilar retrocedió. Sucedió lo mismo varias veces. Incluso los solitarios disfrutan de cuando en cuando con un poco de compañía. Así saborean más la soledad cuando vuelven a ella.

Limpió de vegetación los alrededores del helicóptero, en un radio de tres metros. Dejó la tierra desnuda. Le llevó dos días. Acabó con las manos despellejadas y el dolor de espalda le duró una semana. Al finalizar el trabajo se bañó en una charca, después de inspeccionar a conciencia las proximidades y al mediodía, cuando Una era menos activa.

Las noches eran de Una. En cuanto caía la tarde Juan se encerraba en el helicóptero.

La oscuridad era una secreción del tepuy. Asimismo el frío.

* * *

Algunas mañanas miraba desconcertado las marcas del calendario, convencido de que recordaba haber hecho más que las que veía.

La cacería de ranas se había vuelto angustiosa, ahora que sabía que contaba con competencia. Juan no cazaba siempre en la misma charca sino que circulaba por todas para no esquilmar la población. Si continuaba mucho más en el tepuy, pasaría de ser el descubridor de la rana a la causa de su exterminio. Debía encontrar otro sustento.

En realidad ya lo he encontrado. Solo tengo que atreverme.

Cortó una rama robusta, con un extremo horquillado. Había esperado a un día de sol. El calor amodorraba a Una. En los días brumosos no dejaba de moverse, parecía estar en todas partes al mismo tiempo, tendiendo emboscadas. ¿De dónde saca tanta energía?

Dormitaba en una charca, medio cuerpo en el agua, medio semienterrado en el barro. Se acercó a ella por su lado ciego, temblándole las piernas, presto a soltarlo todo y escapar. Una tenía un absceso de un color blancuzco del tamaño de una pelota de ping-pong junto al ojo izquierdo. No obstante lo sintió acercarse. Recelosa, tímida, no reaccionó. Hacía mucho que no se enfrentaba a algo tan grande. El biólogo prescindió en el último momento de la rama horquillada con que pensaba inmovilizarle la cabeza. Levantó el machete que llevaba en la otra mano. No tenía forma de conservar tanta carne. De un tajo le cortó el último medio metro. Una se retorció como un cable de alta tensión roto por un rayo. Remolino vertical. Lazo corredizo. Ristra de nudos. Aspersor de barro. El biólogo corría al helicóptero con su botín, que se agitaba igual que el cuerpo.

Encendió fuego. Despellejó la cola y la desangró. La espetó y la asó, sin dejar de vigilar los alrededores. Puro músculo, sin vísceras ni apenas grasa. La comió sosteniéndola con las dos manos, como una gran rodaja de sandía, escogiendo dónde asestar el siguiente mordisco. La saliva le hacía brillar la barba. Se dijo que tenía que ir despacio, masticar bien. La carne era consistente y agria.

Se sintió mal antes incluso de terminar de comer. Primero calambres en el estómago, cada vez más violentos. Mareos, sudor frío y zumbido en los oídos.

Encorvado, se tambaleó hasta el helicóptero. Consiguió llegar pero se desmayó antes de cerrar la puerta.

Se despertó con medio cuerpo en un charco de vómito y el otro medio en un charco de heces. El olor casi hizo que se desmayara de nuevo. Era de noche. De algún modo se había bajado los pantalones hasta las rodillas, lo que apenas había reducido el desastre. Fuera brillaban los rescoldos de la hoguera. Le seguían zumbando los oídos y los calambres tampoco habían remitido. Todo lo que quería era terminar de vaciarse. Se metió dos dedos en la boca para inducirse el vómito. Sufrió arcadas y de la barbilla se le descolgaron hilos de saliva. Tenía que cerrar la puerta.

Abrió los ojos. Aún de noche. La puerta estaba cerrada, o al menos algo cerraba la abertura. Anillos de anaconda. Una envolvía el helicóptero. Volvió a dormirse, o puede que ni siquiera se hubiera despertado.

La oscuridad presionaba el helicóptero como si este fuera una batisfera a miles de metros de profundidad, en una fosa marina. La oscuridad entró.

Sentía unos golpes suaves en la espalda. Elsa lo acariciaba para tranquilizarlo. Pero las caricias de Elsa siempre parecían manotazos, como si le sacudiera el polvo de la camisa. A Juan le molestaba, aunque nunca llegó a decírselo. Un gesto con prisas, desganado y un tanto insultante.

Tengo que decirte, Elsa, cariño, que...

Los niños de Ceguera desaparecieron. Estaban en el caño, con el agua por las rodillas, jugando con barquitos de madera. Desaparecieron uno por uno. Por un instante, en el espacio que ocupaban sus pies y sus pantorrillas, no hubo nada, un vacío, moldes de pies y de pantorrillas, antes de que el agua los llenara.

* * *

En el aeropuerto de Puerto Ayacucho los basiliscos tomaban el sol impunes. La maleza crecía en las grietas de las pistas. Los cristales estaban opacos por el polvo. En el galpón donde habían vivido los pilotos la luz era del color de la bilis y una perra callejera paría en un camastro.

¿Tienes el hijo que querías, Elsa? Ni siquiera eso sé, después de estos años. Ni siquiera eso he querido saber. ¿También él se ha evaporado? ¿Lo llevabas en el vientre? ¿Desapareció él y luego tú, por un instante te dejó otro vacío, o desapareciste tú primero?

Una asomaba la cabeza al interior del helicóptero y se acercaba a su vieja piel, enrollada en un rincón del habitáculo, como quien escruta el retrato de un antepasado, sorprendido por el lejano parecido. El biólogo lanzaba gritos mudos e intentaba ahuyentarla con puñetazos y patadas.

La desaparición de un niño que podría haber sido mi hijo es una doble pérdida.

Despertó de nuevo. De día. No sabía dónde apoyarse para erguirse. ¿Cómo iba a limpiar aquello? Tenía un poco de fiebre pero se sentía mejor. Salió del helicóptero. Se sorprendió y se reprendió al descubrir que la puerta había estado abierta toda la noche. Las piernas apenas lo sostenían. Se apoyó en el lateral del aparato. La tierra desnuda del campamento estaba recorrida por surcos inconfundibles. Las cenizas de la hoguera, esparcidas. El resto de la cola de la anaconda había desaparecido.

Se alejó lo imprescindible para recoger agua de un par de *Heliamphoras*, que hirvió en un cazo. Con manos temblorosas buscó en el botiquín y tomó dos cápsulas de sulfamida. Se cambió de ropa y se aseó un poco. Durante el resto de la mañana no hizo más que descansar y tomar sorbos de agua caliente. Por la tarde fue a por más agua y limpió el interior del helicóptero. Le bastaba pensar en comer para sentir náuseas y un inicio de calambres. De todos modos no tenía fuerzas para ir en busca de comida.

Al atardecer oyó crujidos de vegetación y vio moverse tallos. Se apresuró a coger el machete. Lo sostuvo flojo entre los dedos. El movimiento se alejó. Esa noche se aseguró de cerrar la puerta.

Un egoísta, un hijo de puta y un cobarde, dijo Elsa. Si crees que te lo voy a poner fácil, que, sin más, te voy a invitar a irte, es que no me conoces bien. No puedes largarte así como así, sin acordarlo.

El biólogo siguió callado. Los obreros habían dejado de hacer ruido, como si escucharan la discusión. Elsa había levantado la voz.

Vamos, di algo, lo invitó ella.

¿No has notado que yo... que nosotros...?, empezó él sin mirarla a los ojos. ¿No has notado cómo de pronto nos cambia el humor, de una forma que no parece justificada o que no controlamos? Es como cuando el viento se levanta y se lleva la niebla, y entonces se ve lo que se escondía detrás:

un paisaje sólido, amplio y bien iluminado. A nosotros nos pasa lo mismo, salvo que cuando hay niebla estamos bien y cuando no la hay estamos mal.

Ella lo miraba con los ojos entrecerrados. Al cabo de un momento, dijo: ¿Pero qué gilipollez es esa? ¿Cuánto tiempo has pasado preparándola?

Él frunció los labios y apretó los puños, como si ella lo hubiera ofendido profundamente pero aun así se contuviera. Pese a todo, él sí sabía demostrar respeto, clamaba su expresión.

¿Es que no entiendes que te quiero?, dijo ella. ¿Y no entiendes que tú me quieres a mí? Haces todo lo posible para joder las cosas y que sea yo la que dé el paso y te deje libre, pero si lo hiciera te asustarías. Al cabo de unos días me llamarías diciendo cuánto te arrepientes.

Hizo una pausa y, ablandando el tono, añadió: Serénate. Llevamos años juntos. Si de verdad quisieras estar solo, ya lo estarías.

Caminaba despacio hacia el borde del tepuy. En una mano llevaba la bolsa donde había guardado las colillas y en la otra un trozo de leña, uno de cuyos extremos había tenido al fuego. En el filo de la meseta sopló la punta del tizón para avivar el ascua y encendió el cigarrillo que le colgaba de la comisura de la boca. El último. Lo había guardado sin un fin concreto, puede que para celebrar su rescate, puede que como último gusto antes de despedirse del mundo. Esa mañana había decidido que no necesitaba ningún motivo.

El tabaco estaba rancio. Fumó sin sacarse el cigarrillo de la boca, entornando los ojos para protegerse del humo, observando un horizonte en el que, otro día más, no había cambios.

¿Dónde hostias andáis?, preguntó con curiosidad.

Empezaba a subir la temperatura pero seguía sintiendo el frío de la noche. Debajo del poncho iba envuelto en una manta, andrajosa y con briznas de hierba adheridas. Harto de embarrarse para protegerse de los mosquitos, llevaba la cabeza cubierta por una camiseta, a la que le había cortado unas tiras que le colgaban a los costados de la cara y que al mecerse espantaban, en parte, a los insectos. Las señales de socorro emitidas con el espejo se habían vuelto menos frecuentes.

Cuando terminó de fumar, metió la colilla en la bolsa y la cerró. Dentro había también una piedra, para que el viento no la alejara, y un mensaje de auxilio escrito en una página del cuaderno. Lanzó la bolsa, también con desgana, más para limpiar el tepuy. Esperaba que se rasgara contra las ramas y esparciera su contenido y que este llamara la atención de alguien.

Fue en busca de ranas.

Después de intoxicarse por comer la carne de Una, la debilidad había persistido tres días, en los que la serpiente podría haber hecho con él lo que quisiera. Podría haberlo engullido aún vivo. Los jugos gástricos lo habrían disuelto desde fuera hacia dentro. ¿Cuánto habría durado la agonía en aquel túnel negro y caliente que no dejaba de estrecharse? El festín habría culminado con un postre de autocanibalismo. Digerido el biólogo, habría restado el contenido de su estómago: la cola de Una.

No obstante la serpiente lo había respetado. Se acercó al campamento en varias ocasiones pero no llegó a asomarse al círculo de tierra desnuda. Se diría que lo visitaba para cerciorarse de que se encontraba bien. Juan sintió crecer los remordimientos.

Recobradas las fuerzas, fue en busca de la serpiente. La encontró junto a una charca, adormilada. Llevaba consigo un cazo de agua en el que había disuelto permanganato de potasio hasta que el líquido adoptó un color rosa oscuro. Se acercó a Una por detrás. El muñón de la cola descansaba en el barro. No tenía buen aspecto. Sin embargo la anaconda parecía serena. Por si acaso, el biólogo sostenía en la otra mano el machete. En primer lugar, con tiento infinito, vertió sobre la herida una cantimplora de agua hervida. La serpiente no pareció notarlo. Una vez limpia la herida, vertió la disolución de permanganato. La anaconda se contrajo y volvió a quedar inmóvil. Reservó un poco de la disolución. Una tenía en el primer tercio del cuerpo un desgarro, de cuyo extremo asomaba una astilla. Sin hacer movimientos bruscos y alternando vistazos a la herida y a la cabeza de Una, arrancó la astilla. Salió con facilidad. La carne alrededor estaba podrida. Luego aplicó en la herida lo que quedaba de la disolución.

Una se mantuvo tranquila. Él le susurraba como si cuidara de un caballo. Nunca había podido verla tan de cerca. Una tenía sanguijuelas en las partes donde se le habían caído las escamas. Sería fácil desprenderlas quemándolas con un tizón, pero eso quedaría para otra cura. En cuanto al absceso junto al ojo, no se atrevió a hacer nada. Sajarlo sería doloroso y tendría que manipular la cabeza.

Concluyó con un regalo. Se colocó frente a Una, donde ella pudiera verlo bien. Volcó una bolsa y cayeron al barro media docena de ranas. La serpiente se activó, lanzando la cabeza a un lado y a otro hasta hacer desaparecer todos los anfibios, que no tuvieron ninguna oportunidad. Juan sonrió al verla engullir una rana que, a diferencia de las demás, estaba muerta. Dentro había escondido cuatro tabletas de tetraciclina. Había dudado sobre la dosis de antibiótico. Dado el peso de la serpiente y la lentitud de su digestión, no le pareció excesivo suministrarle de una sola vez la cantidad que un hombre adulto debería tomar en cuatro dosis a lo largo de un día. Revivida, la serpiente se puso en movimiento rumbo a la charca grande. Los cinco días siguientes Juan volvería a buscar a Una para comprobar el estado del muñón y continuar con el tratamiento de antibióticos.

Desde entonces había transcurrido un mes. El biólogo había seguido adelgazando pero ya no sentía hambre. Descansaba todo lo posible. Se sentaba en alguna piedra desde la que pudiera ver a Una. Los dos pasaban horas sin moverse. El biólogo hablaba entre dientes. Recoger leña era cada vez más difícil. El machete estaba perdiendo el filo y tenía mellas, y había extraviado la piedra de afilar. La había buscado por todas partes. ¿Cómo podía haberle pasado? Es por la debilidad. Disculpas. Te estás volviendo despistado. No te saltes las rutinas. Así seguirás vivo.

Cazaba ranas y Una hacía lo mismo en la charca vecina. Luego se retiraban, él al campamento y la serpiente a su cueva subacuática, como un matrimonio que durmiera en habitaciones separadas.

Se recreaba comiendo, si bien el placer no era completo. Cada rana que engullía de un bocado podía ser la que le habría revelado la longevidad de la especie, si las hembras realizaban una segunda puesta de huevos en la estación seca, si los machos colaboraban en la incubación...

Encontró una roca de arenisca con una cara plana y pasó una tarde quitando las rebabas al machete y afilándolo a cámara lenta. Una apareció, curiosa, rodeó la roca y volvió a irse. Juan no levantó la vista. Sabía, por el sonido, a qué distancia estaba ella.

Llegaron las lluvias. Pasaba cada vez más tiempo dentro del helicóptero. Era imposible estar seco. Organizar los calcetines —sucios, limpios pero mojados, limpios y secos— le ocupaba un tiempo considerable. No obstante disfrutaba. Las tormentas sobrevolaban el tepuy como hidroaviones contraincendios. Por las noches dormía profundamente. La lluvia aporreaba el fuselaje. No le preocupaba lo que la gente hiciera fuera de allí. La existencia se restringía al tepuy. El horizonte que lo circundaba podía ser nada más que un ciclorama donde se sucedían iluminaciones dramáticas.

Andaba en busca de larvas comestibles cuando vio acercarse una tormenta que marcaba su territorio sobre la selva. Se desnudó y envolvió la ropa en el poncho impermeable. Se subió a una roca. La tromba entró por un extremo del tepuy. Vio a lo lejos a Una. Ella ya estaba bajo la lluvia pero la lluvia aún no había llegado a él. La serpiente se irguió mirando al cielo, un metro, dos. Ya es más alta que yo. La tormenta llegó al biólogo. Las gotas golpeaban la carne magra y se llevaban la mugre. Era como si se estuviera transformando. Él también mudaba la piel. Donde estaba Una volvía a brillar el sol. La cabeza de la serpiente regresó al suelo trazando una espiral. Salió el arcoíris.

El silencio le masajeaba los tímpanos durante horas.

Vio algo. Avanzó agazapado, conteniendo la rabia, reservándose para cuando estuviera lo bastante cerca. Sentado sobre una piedra, en la cornisa del tepuy, contemplando relajado el panorama, estaba el piloto. Incluso sostenía su botella de licor de hinojo.

El biólogo había dejado el machete en el helicóptero. Se palpó los bolsillos en busca de algo que le sirviera de arma. Sacó la piedra de afilar. ¡Fuera de mi casa!, gritó, y lanzó la piedra, que giró por el aire y cayó a la selva.

Se despertó sobresaltado. Era una noche de luna llena. La impresión de que sucedía algo lo hizo salir del helicóptero. Un susurro. Un frotamiento. Luego chillidos agudos, como si un bebé llorara en el fondo de un pozo. Desde que estaba en el tepuy, era la primera vez que oía algo parecido. Se reconoció aterrado. Siguió el sonido. Vio una interferencia en la noche. Los chillidos manaban de ella. Llegó a una sima estrecha de la que crecía un tornado de murciélagos. Una tenía la cabeza dentro de la sima. Los murciélagos salían espantados por el angosto espacio restante. Cesaron por fin, se dispersaron sobre la selva y volvió el silencio. Una se contraía y agitaba, intentando sacar la cabeza. Juan la contemplaba sin entender lo que sucedía. Estaba atascada. La cola azotaba rocas, dibujaba abanicos en la turba, partía plantas carnívoras. Si aquello no era angustia, ¿qué era? El biólogo agarró con ambas manos la cola y tiró. Tiró con fuerza. Con más fuerza. La cabeza de la serpiente salió como un corcho. De la boca asomaban alas de murciélago. El primer medio metro del cuerpo estaba hinchado y se agitaba por los murciélagos que se revolvían dentro. Miró al biólogo con su único ojo y fue en busca de un sitio tranquilo donde hacer la digestión. De nada…

Una tenía más hambre cada día. No dejaba de batir el tepuy en busca de comida. Saqueaba las charcas. Se arriesgaba asomándose al vacío en busca de nidos en la pared de piedra.

Acumulas grasa. Es eso, ¿no?

Había llegado el período de apareamiento. La anaconda se preparaba para el encuentro con los machos y para la preñez. El cortejo de las anacondas es prolongado y violento. Hasta trece machos se disputan una sola hembra. Se enrollan sobre ella, todos a la vez. Forman una bola de serpientes. Durante semana y media permanecen así, ellos estimulándola e intentando acceder a su cloaca, ella cargando con ellos si desea moverse. Un año más, Una comía todo lo posible para hacer acopio de energía, ignorando, de nuevo, que nada iba a suceder. ¿Cuántas veces se había preparado en vano?

Las hembras de anaconda doblan en tamaño a los machos.

Pero Una era excepcional. Los machos resultarían ridículos a su lado. Un tercio de su longitud. Un quinto. Como hijos enclenques. ¿A cuántos podría acarrear Una llegado el caso?

Era fácil imaginar que la señal olfativa que emitía superaba en intensidad a la de cualquier otra hembra de su especie. Más poderosa año tras año. Más que una llamada, una intoxicación. Era fácil imaginar a los machos, docenas, centenares, provenientes de toda la selva, congregados en la base del tepuy, estirándose hacia arriba cuanto podían, buscando una vía de ascensión, subiendo unos metros, resbalando y cayendo pesadamente sobre los otros, causando tumultos, frenéticos, pendencieros, como caballeros al pie de una torre donde estuviera cautiva una princesa virgen.

Una rondaba el helicóptero con más frecuencia y osadía que antes. Buscaba la proximidad del biólogo. Lo seguía como un perro. Juan iba a por agua y en cuanto salía del círculo de tierra desnuda del campamento oía a Una ponerse en movimiento e ir tras él. ¿Cuánto tiempo llevaba a la espera?

Si se acercaba una tormenta, el biólogo salía del helicóptero. Había oído historias sobre grúas alcanzadas por un rayo cuyos operarios, en la cabina, no sufrían ningún daño, pero no se fiaba. Su confianza en la ciencia era restringida, no alcanzaba a los campos electromagnéticos, la polarización ni la jaula de Faraday. En cuanto oía un trueno se enfundaba el poncho y se ponía en marcha. Una, que presentía las tormentas, iba a buscarlo. Siempre andaba cerca últimamente. Tenían un mirador, un grupo de rocas en la parte más baja de la meseta, lejos de los árboles. A veces descargaban varias tormentas a la vez, fogonazos aquí y allá, como en un combate aéreo.

Elsa nunca tuvo sensibilidad para los momentos. No los apreciaba o los arruinaba con un comentario fuera de lugar, casi siempre desdeñoso, o con su mera presencia. La escasez de distracciones en el tepuy invitaba a atender a lo leve y lo fugaz. Una abría y cerraba la boca en silencio. El absceso de su ojo parecía un monóculo.

A falta de algo más de lo que hablar, desaparecido cuanto había fuera del tepuy, Juan le contaba sus sueños. La necesidad de comunicarse era compatible con la querencia por la soledad. Había soñado que recorría el cerro montado en la espalda de Una. Lo bordeaban una y otra vez, como un tren de juguete alimentado por una pila infinita. Cuando él se cansaba, se tendía sobre ella apoyando la mejilla en las escamas. La abrazaba con piernas y brazos para no caerse. Una estaba fría. El calor de él se transfería a ella y al final los dos tenían la misma temperatura.

Lo despertó un ruido fuera. Una revolvía sus cosas.

¿Qué haces?

Una fue hacia el mirador. Llegó el primer trueno, muy discreto. Si hubiera seguido durmiendo, Juan no lo habría oído. La tormenta se desplazaba veloz. En cuanto el biólogo llegó al mirador y tomó asiento en su piedra, un rayo golpeó el helicóptero. A modo de onda expansiva, una ráfaga de olor a ozono.

Ahora ya es seguro que nunca saldrás de aquí, dijo él, dirigiéndose al aparato.

La serpiente estaba sobre una roca plana, una espiral perfecta, la cola colgando desenfadadamente por un costado, la cabeza erguida, surgiendo del centro de la espiral, como la serpiente Ka en una ilustración de *El libro de la selva*, engañosamente de fiar.

Juan la contemplaba admirado. ¿Cuántos años llevaba allí? ¿Desde antes de que él naciera? Décadas de perfecta soledad. Un ejemplo de adaptación y supervivencia. Era probable que él fuera el ser vivo más grande que ella había visto.

Soy tan extraño para Una como el piloto del carro de las estrellas lo habría sido para mí.

¿Me tienes miedo? Claro que no. Y yo tampoco te tengo miedo ahora. Seguro que ni siquiera sabes si soy comestible.

Se acordó entonces del piloto.

La estación de las lluvias afectaba también a las ranas. Los cantos eran ofuscados. Se imponía la reproducción. Estaba por todas partes.

Después de semanas sin tocarlo, releyó el cuaderno. Recorrió las charcas tomando nuevas anotaciones. Las ranas del cerro Autana no depositaban sus huevos en el agua, como hace la mayoría de las especies. Nada de puestas copiosas. Al igual que otras ranas del género *Stefania*, las hembras del cerro Autana transportaban los huevos en la espalda hasta el momento de la eclosión. El resultado eran ranitas completamente formadas, que no requerían pasar por una metamorfosis. Juan buscó hembras portadoras y calculó la media de los huevos que llevaba cada una. Las ranas eran pequeñas, así que el número era bajo, inferior a una docena.

El biólogo había depositado su anhelo de reconocimiento en un ser diminuto. Había esperado obtener el aplauso de sus colegas para responder dándoles la espalda.

El éxito y el reconocimiento habían sido objetivos importantes para él. En caso de no alcanzarlos, su gusto por la soledad se podría interpretar como una forma de rendición, o como rencor, o como un castigo que él dedicaba al mundo y del que el mundo no se percataba. Quería que todos se preguntaran dónde estaba, cuál era su retiro dorado.

Basándose en lo que sabía de ranas similares, estimó el tiempo que las crías necesitaban para llegar a adultas, así como su longevidad.

Hizo luego una estimación de la población de ranas en el tepuy. Fue conservador.

A continuación, calculó cuántas ranas podían llegar a comer Una y él al cabo de un año. También fue conservador en este caso.

Trabajaba en el helicóptero, con la puerta cerrada, encorvado sobre el cuaderno y sacando punta al lápiz con el machete. Al principio se ayudaba de los dedos para contar, se confundía, tachaba, igual que un escolar. Nada frecuentada en los últimos meses, su destreza matemática se había cubierto de polvo. Pero fue recobrando la soltura a medida que aumentaban el placer del trabajo y la preocupación por los resultados. ¿Por qué no había aprovechado el tiempo que llevaba atrapado en el tepuy para hacer un censo de las ranas? El número de muestras habría sido mayor y el cálculo más veraz.

Una se restregaba contra los patines del helicóptero y hacía vibrar todo el aparato. Diríase capaz de arrastrarlo. Él daba la espalda a las ventanillas.

El resultado fue el que temía. Rehízo los cálculos suponiendo que la población de ranas era mayor que la estimada y rebajando la cantidad de ranas que consumían Una y él. El resultado siguió siendo desfavorable. Cuando Una estaba sola, su consumo no ponía en peligro a la población de ranas. De manera natural, se había logrado un equilibrio. Pero la llegada de él lo había trastocado. Si continuaban comiendo ranas al ritmo actual, e incluso si las racionaban —si él las racionaba—, acabarían con los anfibios del tepuy al cabo de unos meses, un año a lo sumo. Y él dependía de las ranas para sobrevivir, no podía mantenerse solo de larvas.

La anaconda pegó las narinas a una ventanilla. ¿Qué quería? ¿Se acercaba una tormenta? ¿Tenía hambre? Ahora siempre estaba hambrienta. Si pudiera, se comería a cualquiera de los pretendientes que la esperaban abajo.

El biólogo abrió la puerta y se quedó allí plantado. Una trató de meter la cabeza y él la apartó empujándola con el pie. La serpiente retrocedió. Se alejó ondulando de costado, mirándolo con el ojo bueno.

Volvió esa noche. Se enroscó debajo del helicóptero. Dentro, el biólogo seguía despierto.

* * *

Si él se quedaba, los condenaba a ambos. Acabarían con las ranas, y luego, a falta de otro alimento, Una le tendería una emboscada y lo devoraría, y al cabo de un tiempo, de poco tiempo, también moriría ella. Incluso si los cálculos estaban equivocados y había más ranas de las que creía, su convivencia, pensaba él, tampoco podría durar mucho. Llegaría el día en que Una se hartaría de su compañía, o malinterpretaría algún gesto, o estaría especialmente hambrienta y se lanzaría sobre él, lo envolvería en anillos musculosos, lo arrastraría a una charca y lo ahogaría, mientras ella mantenía la cabeza sobre la superficie, inexpresiva.

O él podría adelantarse, servirse de la confianza de Una, acercarse a ella y cercenarle la cabeza de un machetazo. De ese modo quizás habría ranas suficientes para que él viviera indefinidamente en el tepuy, como su único morador.

Retomó el hábito de enviar señales de socorro con el espejo. Volvió a preguntarse dónde se había metido todo el mundo. Lanzó las bengalas que le quedaban. Limpió unos metros cuadrados de terreno cerca del borde del tepuy, rodeó el espacio con piedras y prendió una gran hoguera. La mantuvo encendida toda una noche, alimentándola con leña y combustible del helicóptero. Una se acercó a contemplar las llamas y disfrutar del calor.

Juan miraba abatido hacia la oscuridad que rodeaba el tepuy, poblada de vacíos con forma de personas y donde pululaban el desorden, el ruido y la enajenación de los que él se había puesto a salvo.

* * *

Al despertarse se asomó a una ventanilla para mirar el cielo. El interior del cristal chorreaba condensación, como si acabaran de sacar el helicóptero del fondo del mar. Sobre el tepuy se demoraba la bruma. Todo era negro y gris y estaba mojado, pero empezaban a abrirse paso los primeros rayos de sol.

Se colgó a la cintura la cantimplora y el machete. Abrió la puerta. Se quedó dentro, sin saltar aún al suelo.

Una comenzó a desenroscarse, saliendo de su nuevo encame, debajo del helicóptero. Él la contempló admirado. Al igual que siempre, le asombró su longitud, como si la serpiente creciera un poco cada noche.

No era habitual contemplar a una serpiente de tales dimensiones como él lo había hecho durante semanas. No eran animales que se dejaran ver con frecuencia, y cuando alguien se encontraba con uno, lo observaba un instante y retrocedía, ya fuera asustado o maravillado. Las serpientes tomaban el sol, se enroscaban, acechaban, mordían, eso era todo. Una mostraba actitudes inesperadas en un ser con su fisonomía. Parecía arcilla de modelar que el escultor ablanda amasándola, haciéndola rodar sobre una mesa con las palmas de las manos para estirarla y estirarla, y luego pliega el largo tubo y vuelve a amasar, antes de representar cuanto desea. Una se recostaba, se desperezaba, se prosternaba. Era delicada, rezongona, maledicente…

* * *

Como había previsto, Una lo siguió cuando fue a hacer sus necesidades a la sima. Asomó la cabeza mientras él orinaba. El biólogo no la perdía de vista. En el ojo sano de Una podía leerse lo que se quisiera leer.

Echó a caminar de regreso al campamento y la serpiente volvió a seguirlo. A mitad de camino, Juan le lanzó un puñado de ranas. Una se detuvo a engullirlas. Mientras tanto, él se apresuró hacia el helicóptero para coger sus cosas.

La víspera había guardado en la mochila su cuaderno, tres frascos con especímenes, los carretes de fotos, lo que quedaba del botiquín, el pedernal, una brújula y, envueltas en un pañuelo, dos docenas de ranas asadas. Por desgracia, no disponía de nada parecido a una cuerda. En una cara del tepuy se abría una hendidura vertical, como si a un queso le hubieran cortado una fina tajada. Hasta donde alcanzaba la vista, las paredes estaban lo bastante cerca como para apoyarse en las dos al mismo tiempo. En los meses anteriores se había asomado varias veces a la hendidura y concluido que, si intentaba bajar del tepuy, aquella sería la mejor vía. Llevaba los bolsillos llenos de jirones de una camisa, por si se hería las manos y tenía que vendárselas. Si la bajada resultaba imposible, volvería a subir mientras todavía le quedaran fuerzas. Prefería no pensar qué haría luego.

No quería que Una lo acompañara hasta la cornisa. No quería estar pendiente de ella cuando tanteara los primeros asideros, ni que Una se asomara tras él, quién sabe con qué intención, corriendo el riesgo de caer y puede que de

arrastrarlo con ella. El cerro Autana volvía a ser solo de Una.
De ningún modo podía él causar daño a un ser semejante.

Con la mochila a la espalda, siguió su camino a paso ligero.

Cerca del filo del tepuy oyó crujidos de vegetación a su
espalda. Una lo seguía con la cabeza alzada y las fauces abiertas, en gesto de ataque, llamada o jadeo. Nunca la había visto moverse tan rápido.

Juan echó a correr, dio un traspié y cayó al suelo húmedo. Se deslizó hacia el borde. Intentó agarrarse a una mata
de bromelias. No fue capaz y siguió resbalando en el barro de la pendiente, y luego girando y dando tumbos hacia
una cornisa rocosa que podría haber sido su salvación, pero
iba a demasiada velocidad y chocó y rebotó hacia el vacío.

… la pared del tepuy y el fogonazo procedente de la cueva
de Maripa-den y…

Girando en el aire miró hacia arriba y vio una silueta asomada a la cima.

Una lo miraba fijamente y le decía: «Escúchame bien. Olvida el miedo y el silbido del viento en tus oídos y escúchame. Hay dos momentos importantes en la vida: cuando descubres que no eres como los demás y cuando descubres que
no eres tan distinto como creías».

Las palabras lo alcanzaron como un escupitajo que cayera
a más velocidad que él. La silueta se retiró. Ya no soportaba
seguir viéndolo.

No importa, pensó él. Esto se acaba.

… otra vez la pared y las nubes y las copas de los árboles y los azotes de las ramas y el talud del piedemonte, donde se estrelló y rebotó y rodó…

… y no tardaron en llegar las anacondas macho, atraídas por el olor a Una que impregnaba a Juan. Lo envolvieron formando una bola cada vez más prieta. Molieron los huesos triturados, extruyeron la carne lacerada, y de la masa de ofidios rezumó un jugo que la tierra selvática, ya empapada de fertilidad, rehusó absorber.

TERCERA PARTE:

TORRE

¿Por qué viene?

En Menorca no lo queremos.

No lo quiere nadie, ni aquí ni en ninguna parte.

¿A quién le apetece vivir al lado de alguien que ha destrozado la vida a tanta gente?

Bueno, a lo mejor a algunos sí. Para ajustarle las cuentas.

¿No estamos exagerando? No es que sea un criminal. ¿A ti te ha destrozado la vida? ¿Y a ti? ¿A alguno de vosotros?

En mi trabajo ya hay tres a los que la mujer los ha dejado por culpa de Revival.

¿La culpa fue de Revival o de ellos?

No empieces con eso. La disculpa de siempre. No es tan sencillo.

¿No lo es? ¿Puedes explicármelo?

A mí me ofende que exista esa cosa. ¿Os dais cuenta de cuánto daño nos ha hecho a las mujeres, del efecto que tiene en nuestra imagen, del efecto tan negativo, en nuestra vida profesional y nuestra autoestima?

¿Y qué me decís de lo que nos ha hecho a los hombres, lo que ha revelado de nosotros?

Nada que no supiéramos.

Pero también ha dañado nuestra imagen, ¿o no?

No sigas por ahí. No estoy de humor para sandeces.

Todos coincidimos en que si Revival no existiera, viviríamos mejor.

Pero nos divertiríamos menos.

Estoy hablando en serio.

Y yo. ¿O vas a decirme que no lo has usado alguna vez? Aunque solo fuera por curiosidad, para ver si de verdad funciona. Todos lo usamos. No seamos hipócritas.

Ya sabemos que funciona. Lo sabemos demasiado bien.

Yo no. Nunca lo he usado. No lo necesito.

Con qué orgullo lo dices. Eres una de esas que se definen por oposición a Revival.

Perdona, no te entiendo. Yo solo digo que…

Mi hermana conoce a una chica que se suicidó. Bueno, la conocía.

¿Por usar Revival?

Alguien lo usó con ella.

Yo también conozco casos.

¿Cómo se suicidó?

¿Importa eso?

A mí sí. Me interesan esas cosas, quiero decir. Perdón, no debería reírme.

Una amiga mía descubrió a su hijo usándolo. Solo tiene trece años.

¿Cómo? No se puede si eres menor de edad.

Hay formas. ¿De verdad queda gente tan ingenua?

Por lo visto entró en la cuenta del padre.

No me lo puedo creer. Bueno, sí, sí que puedo.

¿Pero él va a vivir aquí?

Ha comprado Torre d'en Quart. Donde estaba la quesería.

El negocio iba bien, ¿no?

De puta madre. Mi cuñado hacía el mantenimiento de las cámaras frigoríficas y está enterado.

A lo mejor la ha comprado como inversión. No sabrá qué hacer con tanto dinero.

Y una mierda. De inversión, nada. Mi cuñado dice que se han llevado las vacas y que están desmantelando los equipos.

¿Adónde se llevan el negocio?

A ninguna parte. Les ha soltado dinero como para vivir el resto de sus vidas sin dar palo al agua. Ha comprado la torre, los edificios que hay al lado y los terrenos donde tenían las vacas. Y mi cuñado a la puta calle.

Otro damnificado de Revival.

Es raro que haya comprado la torre.

¿Por qué?

Tiene más historia que comodidades. No hay garaje ni piscina. Y no creo que por dentro sea gran cosa. Mi casa es mejor.

¿Se va a instalar allí?

Si yo tuviera tantos enemigos como él, lo haría. Eso o algo parecido. La torre está en un sitio tranquilo.

La carretera a cala Morell pasa por delante.

No tiene más que levantar un buen muro.

Ni siquiera le hará falta. ¿No os habéis enterado? Van a construir otra carretera. La paga él. La vieja la van a cerrar.

¿Eso se puede hacer?

Si tienes bastante dinero. Y ese podría comprar la isla entera si quisiera.

¿Creéis que viene a esconderse?

¿Y tú no?

Pensadlo, una torre medieval y el tío metido allí arriba, donde nadie puede molestarlo.

Abundan las biografías de Juan Larrazábal, si bien lo que narran en realidad es la historia de Revival. Un motivo de que sea así es la escasa información disponible sobre Larrazábal; otro, que el interés suscitado por la obra supera con creces al del autor.

En una entrevista que Juan Larrazábal concedió a Televisión Española declaró: «Mi aspiración inicial era satisfacer una necesidad básica de la sociedad, una necesidad de la que hasta entonces nadie se había preocupado o no había resuelto de manera concluyente e igualitaria. Yo sabía que un logro así podía arrojar beneficios cuantiosos, pero no me impulsaba una vocación económica sino más bien, se podría decir, filantrópica. Quería crear algo que al cabo de pocos años estuviera integrado de manera tan íntima en el día a día de las personas que nadie pudiera imaginar cómo era la vida antes, que la gente se sorprendiera al descubrir que detrás de aquella creación que empleaban de manera reiterada y apenas consciente existía un artífice con rostro, nombres y apellidos, como si dicha creación fuera una parte natural de nuestro universo, al igual que lo son la gravitación universal y las fresas silvestres».

Es este uno de los pocos testimonios audiovisuales que existen de Larrazábal y en el que se expresa de manera más abierta, por lo que sus palabras han sido objeto de un intenso escrutinio. No pocos las acusan de cínicas al interpretarlas teniendo presentes los efectos causados por Revival. La entrevista se grabó pocos meses después de que Revival entrara en funcionamiento, cuando la creación todavía necesitaba de publicidad y no había eclipsado al creador. Se aprecia el esfuerzo del cámara, y asimismo su frustración, para dar con un plano —un contrapicado suave— que reflejara el interés suscitado por Juan Larrazábal desde que Revival saliera a la luz. Como fondo: la insulsa fachada de la primera sede de Revival, en el polígono industrial del pueblo natal de Juan Larrazábal. Durante toda la pieza se ve, detrás del entrevistado, a una carretilla elevadora cargada con palés de cajas de galletas entrar y salir de la nave contigua. En primer término, un hombre de veinticinco años, aunque con una fisonomía que empieza a adoptar las líneas y la postura de alguien con diez o incluso veinte años más. Su discurso es fluido pero no da la impresión de algo meramente pergeñado y ensayado para la entrevista. Larrazábal habla con convencimiento, como si, quizás, esas palabras se las hubiera repetido a sí mismo en numerosas ocasiones.

Ayuda a interpretarlas el hecho de que el primer intento de Juan Larrazábal para «satisfacer una necesidad básica de la sociedad» no fuera Revival.

Juan Larrazábal nació en Antzuain, localidad de dos mil habitantes en el interior de la provincia de Guipúzcoa, en un valle angosto donde apenas había espacio para un río y un par de filas de casas en cada orilla; las segundas filas, construidas tras efectuar desmontes en las laderas. Más arriba, entre alisos y fresnos, asomaban algunos caseríos de aspecto vigilante y enfurruñado. Lo estrecho y anfractuoso del valle restaba horas de sol a los habitantes del fondo, en una tierra donde el sol no abundaba. Las empresas prolongaban las hileras de viviendas,

estirando y ahusando el mapa del pueblo; las empresas más an-
tiguas, aguas abajo, para aprovisionarse de agua de refrigera-
ción y verter sus residuos manteniendo la corriente limpia a su
paso por la localidad; las más nuevas y ecológicas, aguas arriba.
En la entrevista a TVE, Larrazábal reconoció que para él «su-
puso un acicate acometer mi proyecto desde un lugar tan ale-
jado de las corrientes de la modernidad, un pueblo que a cin-
cuenta kilómetros de aquí no conoce casi nadie, indistinguible
de tantos otros con una iglesia desproporcionadamente grande y
una industria tan peleona como endeble».

Juan Larrazábal, ingeniero industrial por la Universidad
del País Vasco y empleado en una empresa de fabricación de
piezas de plástico para automóviles, invirtió los 50 000 € de un
premio de la lotería —llevaba cinco años jugando semanal-
mente y después del premio nunca volvió a hacerlo— en la
creación de un dispositivo que paliara el problema del aparca-
miento en el mundo.

Gracias a los colaboradores que lo ayudaron a desarrollar
el prototipo y a las compañías y ayuntamientos que rehusaron
su implantación, sabemos que la idea de Larrazábal consis-
tía en un sistema que indicara a un conductor que circulara
por la ciudad dónde se encontraba la plaza de aparcamiento
libre más próxima y cuál era la ruta más rápida para acceder
a ella. Consistía en un emisor enterrado en el asfalto, en el cen-
tro de cada plaza de aparcamiento. El emisor, del tamaño de
un dedal, enviaría una señal que, cuando la plaza estuviera
libre, detectarían los navegadores GPS de los vehículos. En el
momento en que una plaza se ocupara, el vehículo estacionado
actuaría como barrera, obstruyendo la señal.

En las reuniones que Larrazábal mantuvo para vender
el proyecto, declaró que gracias a su sistema los conductores

ahorrarían minutos al cabo del día, horas al cabo de la sema-
na, tiempo que podrían invertir en sus familias o en sí mismos,
que les permitiría dormir un poco más cada mañana, tiem-
po que mejoraría el rendimiento de todos los profesionales para
los que un vehículo a motor fuera su herramienta de trabajo;
un ahorro temporal, en definitiva, que haría que la gente fuera
más feliz y productiva y amara más su ciudad.

Larrazábal consultó a un asesor de empresarios noveles, so-
licitó una excedencia en su trabajo y se compró dos trajes. Su
objetivo era convencer a una empresa de sistemas de navegación
GPS para que incorporara la aplicación de aparcamiento, y a
un ayuntamiento importante para que efectuara una experien-
cia piloto.

Todas las entrevistas fueron infructuosas. Nadie deseaba dar
el primer paso. Las empresas de navegación GPS no estaban
dispuestas a incorporar el sistema si no había una ciudad que
instalara los emisores, y ninguna ciudad quería perforar todas
las plazas de aparcamiento de su centro urbano si no había
una empresa de GPS implicada de antemano.

Madrid, París, Londres, Burdeos, Estrasburgo, Milán, Buca-
rest, Toulouse… Todos los ayuntamientos rechazaron participar
en una experiencia piloto. Al cabo de un año, cuanto Larrazá-
bal había conseguido era una oferta de compra de la patente
por una empresa coreana de geolocalización que él había recha-
zado.

Empresarios y concejales con los que se reunió han reconoci-
do que el proyecto albergaba potencial —como más adelante
quedó demostrado—, pero que no fueron solo las complejida-
des técnicas y organizativas lo que los disuadió, sino también la
frialdad y la pobre capacidad de Juan Larrazábal para desper-
tar entusiasmo por su propuesta.

Se desconoce en qué momento surgió la idea de Revival. Solo sabemos que Juan Larrazábal abandonó el sistema de aparcamiento e invirtió el dinero que le quedaba del premio de lotería en el nuevo proyecto. Es fácil suponer que se sentía bloqueado, cansado y molesto consigo mismo. Bien cabe la posibilidad de que, consciente de sus escasas dotes sociales, decidiera volcarse en una idea que requiriera la participación de un menor número de actores; aunque no son pocas las voces que, de nuevo, ofreciendo como prueba el carácter y el alcance de Revival, aprecian en el cambio de objetivo un resentimiento manifiesto por la falta de atención recibida, e incluso un sinuoso ánimo de venganza.

Asimismo resulta curioso que Juan Larrazábal, después de convertirse en una de las personas más influyentes de la primera mitad del siglo XXI, y de que Revival lo llevara a ser uno de los hombres más ricos del planeta —cuya fortuna aún se multiplicó con la venta de su creación— no retomara el proyecto del sistema de aparcamiento ni emprendiera acciones legales contra las empresas que comercializaron sistemas muy similares, implantados ahora en las principales ciudades del mundo.

La oficina estaba llena de hormigas. Los empleados de mudanzas habían abandonado en un rincón los restos de su almuerzo. Los insectos subían y bajaban por la pared, en sendas hileras paralelas, desde los bocadillos sin terminar, cubiertos de moho, las mondas de fruta ennegrecidas y las latas de cerveza, hasta la rendija de una ventana mal cerrada. Aquella ventana nunca se había podido cerrar bien, pensó Nora. Quiso deshacerse de la basura pero no quedaba ni una papelera. Se habían llevado todos los muebles, junto con los muestrarios de moquetas, azulejos y pinturas que antes curvaban con su peso las estanterías. Su padre había fundado la empresa de construcciones y reformas hacía treinta años y ella había pasado a dirigirla tras su muerte. Desde hacía dos meses el negocio ya no pertenecía a la familia.

Nora había llegado con mucha antelación. Conservaba un juego de llaves y nadie le puso objeciones cuando planteó mantener la entrevista desde allí. Así podría estar sola y hablar con calma. La oficina, pese a su estado desangelado, le insuflaba seguridad. Mató el tiempo contemplando por la ventana el puerto de Ciudadela.

Desconocía los planes del nuevo propietario. Todo indicaba que liquidaría la empresa. Los trabajadores culpaban a Nora. No había sabido llevar el negocio como lo hizo su padre; la acusaban de falta de compromiso y resolución, invectivas de las que se declaraba culpable. Cuando heredó la empresa decidió tomar ella las riendas. No tardó en averiguar, sin embargo, que construir chalés, reformar locales comerciales y repintar hoteles en primavera, antes de la llegada de los turistas, no eran labores que se viera haciendo el resto de su vida. Al cabo de cinco años el negocio pasó a ser deficitario. La insatisfacción personal y los libros de cuentas hicieron que se abalanzara sobre la oferta de compra, asombrosamente espléndida, que recibió por sorpresa antes de que llegara a hacerse ningún anuncio de venta.

La oferta la comunicó un agente intermediario que solo podía revelar el nombre del comprador si la propuesta era aceptada.

Cuando Nora supo quién era, quedó desconcertada. Pero la desconcertó más todavía que, tras llevarse la venta a efecto, el comprador se pusiera en contacto con ella mediante *email* y le preguntara si le interesaba trabajar para él.

El teléfono sonó en el minuto convenido. Nora respiró hondo antes de contestar.

¿Nora? Buenos días, gracias por atenderme, dijo Juan Larrazábal.

Gracias a ti… A usted.

Trátame de tú, por favor. Tenemos la misma edad.

Como prefieras, dijo ella, cohibida.

No me gusta hacer perder el tiempo a nadie, así que iré al grano. Puede que sepas que he comprado una propiedad en la isla. No tu negocio sino…

La Torre d'en Quart. Lo sé.

¿La conoces?

Estuve una vez, hace años. Los de la quesería tenían una tienda en la planta baja.

Ya no queda nada de eso. Estoy reformando la torre para instalarme en ella.

¿Va a…? ¿Vas a vivir en Menorca?

Esa es mi intención.

¿En qué puedo ayudarte?

Necesito a alguien que me sirva de contacto con el mundo. Una secretaria, podríamos decir.

Juan Larrazábal tenía la voz suave, puede que un poco fatigada. Nora había visto fotos suyas en revistas, al comienzo de Revival. Imaginó que hablaba con una leve sonrisa, como un enfermo al que le costara llevar aire a los pulmones pero que se esforzara por mostrarse animoso.

En realidad, continuó Larrazábal, serás una secretaria cuyo jefe nunca estará en la oficina. Te encargarás de recibir las llamadas, los *emails* y la correspondencia.

¿Tendré que filtrar los mensajes?

No filtrar sino bloquear. Si aceptas, te enviaré un teléfono, mi teléfono, por el que ahora mismo estoy hablando. Recibirás las llamadas de quien se quiera poner en contacto conmigo, resolverás las cuestiones que te planteen, solo cuando eso sea imprescindible, o te librarás del que llama. Te enviaré también otro teléfono, con un único número en la memoria, al que podrás llamarme en caso de que sea estrictamente necesario. Prefiero que nos comuniquemos por *email*. Si a mi nuevo teléfono llega una llamada que no sea tuya, si alguien averigua el número, estás despedida. Quiero dejar esto bien claro. ¿Lo has entendido?

Nora dijo que sí.

Tendrás otras responsabilidades. Estoy vallando los terrenos de la torre. Y cuando me haya instalado seguramente habrá alguna que otra reforma, además de las averías ocasionales. Te resultará fácil gestionarlo. Conoces los gremios de la isla. Será lo mismo que hacías todos los días, salvo que más sencillo. En cuanto a las condiciones, mi abogado te acaba de enviar un *email*. Creo que todo te parecerá bien. Si tienes alguna objeción, él se ocupará. ¿Quieres preguntarme algo?

¿Por qué has comprado mi negocio?

No quería que aceptaras el empleo solo porque necesitabas el dinero. Quiero a alguien de quien que pueda disponer en cualquier momento y que crea en lo que hace.

Nora no entendió a qué se refería con «creer en lo que hace» pero no pidió que se lo aclarara. De todos modos, fue como si él lo hubiera adivinado.

Busco aislarme del mundo. ¿Te parece bien?

No lo sé. Supongo que sí. Usted… Tú puedes hacer lo que quieras, ¿no? Si te lo puedes permitir, y tú…

En efecto, yo puedo. ¿Entonces comprendes, o al menos aceptas, que alguien quiera aislarse del mundo?

Sí. Pero no entiendo qué importa que yo…

Que lo comprendas, o que lo aceptes, hará que desempeñes mejor el trabajo.

Lo acepto. ¿Por qué Menorca?

Me gusta la isla. He dicho que busco aislarme del mundo pero en realidad solo quiero aislarme de la gente. ¿Alguna otra pregunta?

Nora vaciló pero finalmente dijo:

No me gusta Revival. Reconozco que lo he usado alguna vez, junto con mi pareja, pero no me gusta. Creo que debo decirlo, por si…

¿Piensas, como hacen muchos, que he convertido el mundo en un sitio más asqueroso de lo que ya era de por sí? ¿Qué decía aquel ensayo que se publicó en Estados Unidos? «He proporcionado a las personas un motivo y una herramienta para hozar en lo peor de sí mismas.» ¿Es eso lo que crees?

No, dijo Nora, convencida. Simplemente…

No te gusta.

Eso es.

Aprecio tu sinceridad e incluso me gusta que no te guste. En cualquier caso, que manejes o no Revival no afecta a tu capacidad para desempeñar el trabajo. Como seguro que sabes, ya no tengo nada que ver con Revival.

Nora dijo que estaba informada.

Echa un vistazo a las condiciones y comunica a mi abogado lo que decidas. Si aceptas, el contacto que mantendremos tú y yo se reducirá al mínimo. Cuanto menos hablemos, mejor estarás haciendo tu trabajo.

¿No vamos a conocernos?

¿Para qué? No me interesa qué aspecto tienes. ¿Alguna otra duda?

La voz de Juan Larrazábal sonaba cada vez más cansada.

Ella dijo que no.

Gracias por atenderme, Nora.

Se despidieron y la comunicación se cortó.

«No me interesa qué aspecto tienes.» A Nora ya le había extrañado que la entrevista se realizara por teléfono en lugar de por videoconferencia. Algo le decía que Juan Larrazábal no se había molestado en buscar ninguna foto de ella en Internet. Lejos de ofenderla, ese desinterés la complació.

En su versión inicial Revival podía definirse como un buscador web de contenidos audiovisuales. En aquella etapa primera la aplicación se financiaba mediante suscripción de usuarios, sin apoyo de publicidad; ni asomo de la estridencia y la chabacanería de los banners *de páginas de* camgirls, *juguetes eróticos y métodos de alargamiento de pene. Larrazábal dotó a Revival de una apariencia sobria, eficiente e higiénica, que lo distanciaba de las webs de pornografía y lo hacía asemejarse a las utilidades de telefonía y mensajería online. Su objetivo era convertir Revival en un servicio de manejo cotidiano, cuyo uso no fuera causa de vergüenza ni remordimiento.*

La primera particularidad de Revival era que los elementos buscados se «extraían» de fotografías subidas por los usuarios. Estos fueron, desde el primer instante, masculinos en un aplastante porcentaje, mientras que las fotos mostraban a compañeras de trabajo, jefas, profesoras, vecinas, amigas, parejas de amigos, hermanas, madres… A continuación, mediante un programa de reconocimiento facial similar al empleado para la identificación de criminales captados por cámaras de seguridad, Revival localizaba entre la ingente cantidad de vídeos pornográficos disponible en Internet aquellos en los que apareciera la actriz más parecida a la mujer de la fotografía. Cuanto más claras fueran las fotos —mejor si se disponía de varias, que mostraran tanto el frente como el perfil del rostro—, más preciso era el resultado.

La disparidad de semejanza entre la mujer de las fotos y la del vídeo quedaba salvada por la imaginación del usuario. De hecho, en opinión de miles de aficionados a Revival, cierto grado de desviación respecto al modelo era deseable, pues acrecentaba la impresión voyeurística. El usuario no solo tenía oportunidad de ver cómo su compañera de trabajo, jefa, profesora, vecina, amiga, pareja de amigo, hermana, madre… practicaba el sexo oral a un desconocido a través de un agujero realizado en la pared de un urinario, o era sodomizada con un vibrador por otra mujer, o de rodillas, con la boca abierta, aguardaba a ser cubierta de semen por seis hombres, sino que disfrutaba de una versión diferente de esa persona, versión de cuya contemplación se le excluía a diario, oculta bajo los atuendos, ademanes y códigos de la cotidianidad, versión reservada a nada más que unos pocos escogidos y donde la persona no solo mostraba una disposición mucho más abierta en cuanto al sexo, sino que la transformación se manifestaba asimismo en su físico, ahora de nalgas más firmes, vientre más plano, pechos sin duda mayores. La ilusión de ver en acción a un álter ego salaz, a una Miss Hyde sexual, a una segunda personalidad atemporal, se potenciaba todavía más cuando Revival ofrecía resultados extraídos de películas antiguas, de los años setenta, ochenta y noventa, gracias a la imagen granulada y al lejano estilismo de las actrices.

En los casos en que los usuarios habían mantenido relaciones con las modelos de sus fotos, el efecto de los vídeos era incluso más poderoso. En estos no había lugar para la rutina ni la falta de destreza ni la fatiga ni los pudores; al contrario, en los vídeos se volvían sistemáticos el abandono y la trasgresión, que si bien en ocasiones se mostraban en la realidad —irrupciones puntuales del otro yo oculto— podían tomarse como actitudes forzadas, contenidas, fingidas y carnavalescas, además de insuficientes. Lo que en origen, en los vídeos, era pura interpretación, simulación afectada, se transformaba, gracias a Revival, en la más desinhibida realidad.

El programa no ofrecía tan solo diversión solitaria y efímera, sino que redibujaba la realidad, la desplegaba, le sumaba dimensiones, la transformaba en algo mejor. Nos invitaba a contemplar nuestro entorno humano, presente y pasado, a través de un prisma cien por cien lúdico y desde una posición anónima e inexpugnable.

No resulta extraño que Juan Larrazábal bautizara a su creación como lo hizo.

Nora había estudiado Filología Inglesa en Barcelona, sin dificultad ni entusiasmo. Después se trasladó a Londres, becada por tres años, para trabajar en una tesis sobre la representación femenina en las tragedias de la Restauración inglesa. Allí empezó una relación con un profesor de la Universidad de Westminster, veinte años mayor que ella. Pasaban largos ratos tumbados en el sofá del apartamento de él. Conversaban mientras se acariciaban el pelo uno al otro o se masajeaban los pies. Se separaban un momento y él se acomodaba los pantalones en la entrepierna y ella apartaba la vista y suspiraba como una boba. Durante semanas, no fueron más allá; una sexualidad adolescente y a la vez sofisticada, más placentera que todo cuanto ella había experimentado hasta entonces. Nora prefería escuchar a hablar. El idioma suponía una barrera añadida. Como no entendía todo lo que decía él, creía que era más inteligente y experimentado de lo que era en realidad.

Nora pensaba que lo quería, pero cuando él, acuciado por la edad, le pidió que concretara sus planes de futuro —¿Iba a quedarse en Inglaterra? ¿Quería tener hijos?—, ella se retrajo. Le intimidaba adentrarse en el debate. Una vez tras otra le dijo que necesitaba tiempo para pensarlo y al cabo usó el final de la beca como disculpa para acabar con la relación. Dijo que volvía a Menorca para terminar allí la tesis. La frialdad con que él se despidió de ella, como un profesor que, al final del curso, diera consejos rutinarios a una alumna no especialmente prometedora a la que nunca volvería a ver, hizo sentir a Nora humillada, confrontada con su falta de madurez e iniciativa.

En Menorca, se instaló en la casa de sus padres. Empezó a estudiar chino, escribió reseñas de cine para una revista *online* y se sumó a una asociación cultural de vecinos para la conservación del patrimonio cultural de la isla.

Cuando su padre comenzó a sentirse mal pero todavía pensaban que el cáncer era superable, ella empezó a ayudarlo en el negocio de contratas. Tras el fallecimiento, Nora se hizo cargo del negocio y abandonó para siempre su tesis, en la que, de todos modos, apenas había trabajado desde que volvió a la isla.

Después de hablar por teléfono con Juan Larrazábal, montó en su bici. El puente de Todos los Santos había quedado atrás. Los turistas se habían ido. Pedaleó por caminos flanqueados por muros de piedra seca. Se detuvo frente a Torre d'en Quart. Un muro de construcción reciente impedía verla desde la carretera. Por los demás lados, la propiedad estaba rodeada por una valla metálica de tres metros de alto, rematada por espirales de alambre de espino. La puerta de reja que antes cerraba el acceso se había cambiado por un portón metálico macizo. Del otro lado no llegaba ningún ruido.

Días atrás las ediciones digitales de los periódicos baleares habían enlazado un vídeo que, por espacio de unas horas, estuvo disponible en YouTube. Un dron había sobrevolado el muro de la finca y grabado lo que sucedía al otro lado. La torre, bien conocida para los menorquines, se veía perfectamente. Formaba parte de las edificaciones defensivas que el rey Alfonso III ordenó construir cuando arrebató la isla al almojarife Abû 'Umar. Recia y muy sobria; de base rectangular y unos nueve metros de altura; con muros de piedra reforzados mediante contrafuertes. Nora pensó que allí dentro podría resistirse cualquier asedio.

En el vídeo, dos piquetas de demolición echaban abajo las cuadras y demás instalaciones de la quesería. Las viviendas prediales de la familia Quart, encaladas y anexas a la torre, permanecían intactas.

Junto al nuevo portón había tres mujeres cubiertas con pasamontañas negros. Cuando vieron a Nora interrumpieron lo que estaban haciendo. Una gran pintada abarcaba el portón de extremo a extremo: «CERDO!!!». Miraron a Nora fijamente, en actitud retadora, y una incluso se adelantó unos pasos, con los puños apretados. Ella continuó el paseo.

Llegó a cala Morell. Se sentó en la arena. El cielo era del color del yeso viejo y olas bajas corrían en todas direcciones por la pequeña ensenada golpeándose entre sí. El Mediterráneo parecía un niño revoltoso que se ha portado bien mientras había una visita en casa pero que vuelve a desbocarse en cuanto se queda a solas con sus padres. La mayoría de los chalés estaban cerrados. Solo había amarrados un par de laúdes, cubiertos de polvo ocre. Nora se subió el cuello del abrigo y se abrazó las rodillas, ensimismándose en el silencio y los detalles. Durante el tiempo que pasó allí no vio a nadie. Lo primero que haría, pensó, cuando firmara su contrato, sería enviar a alguien a repintar el portón.

Se reproduce a continuación un fragmento de la entrevista a Jaime Pereira, colaborador de Juan Larrazábal, publicada por la revista Lui *en su número de febrero de 2021.*

[...] Juan tenía buenas ideas pero no sabía programar. Por eso nos contrató a mí y a otro informático. Nosotros hicimos el motor de búsqueda. Lo más complicado. Luego vinieron otras dos personas, una para el diseño de la página y otra para el marketing.

Juan había alquilado un viejo taller eléctrico en el polígono industrial del pueblo. Más tarde nos enteramos de que su sistema de aparcamiento también lo había desarrollado allí. Nos sobraba espacio pero casi siempre trabajábamos apretujados en la antigua oficina del dueño, para ahorrar electricidad y calefacción. Juan miraba mucho el dinero. Creo que apenas le quedaba nada de lo que ganó con la lotería.

[...]

Claro, todos teníamos otro empleo. Por eso trabajábamos de noche. A Juan le encantaba. Se paseaba por la nave tomando sorbos de café. Cuando lo veía entre todas aquellas herramientas obsoletas y cubiertas de polvo, ¿sabes a quién me recordaba? Al doctor Frankenstein, alguien al margen del mundo, enfrascado en una empresa en la que solo él creía. Dado lo que pasó después, mi impresión fue acertada. Como le sucedió a Frankenstein, Juan Larrazábal se vio superado por su creación, incapaz de controlarla. Se asustó y tuvo que dejarla libre para que ella dispusiera de su vida a su antojo.

[...]

Tardamos seis meses en tener una versión beta. Un domingo por la mañana, el equipo se reunió en la oficina. Echamos a suertes quién haría la primera prueba. Ganó Gorka, el otro programador. Juan cogió el pendrive que este le dio y subió a Revival las fotos almacenadas. Eran de una chica morena, delgada, de gesto enfurruñado, vestida con ropa formal y a la vez anodina, como el uniforme de una dependienta de grandes almacenes. Recuerdo que pensé que si me la cruzara por la calle no me fijaría en ella. Las fotos eran de poca calidad, tomadas con un teléfono móvil y desde lejos; evidentemente a escondidas. Gorka no dijo quién era y nadie se lo preguntó. Antes de pulsar el botón de búsqueda, Juan se demoró un instante. Los demás nos apiñábamos a su espalda. Nunca olvidaré lo que pasó luego. He perdido la cuenta de las veces que lo he contado.

"Vamos allá", dijo Juan, y pulsó el botón. Si estaba nervioso, no lo dejó ver.

Unos segundos después Revival arrojó un resultado. Juan pulsó en él y se abrió la pantalla de un reproductor de vídeo. Play. Imagen en alta definición. La cámara entra levitando en lo que puede ser una habitación de un hotel caro. Al fondo unas puertaventanas correderas permiten el paso a un balcón. Están abiertas y la brisa mece unas cortinas vaporosas y se adivina un horizonte marino. La cámara intrusa se ve atraída por una chica tendida en una chaise longue *tapizada en piel blanca. Es un trasunto de la chica de las fotos, pero a diferencia de aquella lleva un maquillaje recargado y acaba de salir de una sesión de peluquería. Luce un conjunto de lencería negro y unos* stilettos *también negros. Llamaría la atención de cualquiera. El gran angular amplía las curvas. La chica de las fotos es a la chica del vídeo lo que el poema bosquejado en la servilleta de un bar es a la versión final, revisada, editada, impresa en papel suntuoso. Se mueve lánguida, como si acabara de despertar de una buena siesta, se acaricia el cuerpo. La imagen se abre para abarcar a un hombre que se ha aproximado en silencio. Está desnudo, con el pene erecto. No tiene vello corporal. Se le marcan los músculos de las pantorrillas. No sabemos quién es, ni cómo ha entrado allí, ni si es real o fruto de la imaginación de ella, quizás un sueño, pero la chica vuelve la cabeza hacia él y, sin emplear las manos, sin ni siquiera abrir los ojos, abraza la punta del pene con los labios. Al margen de la erección, él no ofrece señales de disfrute, es una herramienta al servicio de ella, un elemento animado de atrezo.*

Juan no miraba la pantalla, sino a Gorka, que contemplaba encandilado el vídeo, y que, al sentirse observado, se rio como un imbécil.

«Parece que funciona», dijo.

«Sí, funciona», dijo Juan.

[...]

Eso es. Nada más. Era increíble cómo moderaba su entusiasmo. Ni siquiera podías saber si se alegraba o no. Se limitó a decir lo que había que mejorar: el tiempo de búsqueda, que Revival no ofreciera un único resultado, sino varios, ordenados según el parecido con las fotos de la modelo... Y nosotros, mientras tanto, habíamos sacado nuestros pendrives *con fotos y discutíamos quién haría la siguiente prueba. Gorka, que no podía dejar de reírse, preguntó si se podría añadir a las condiciones de su contrato una suscripción vitalicia a Revival.*

El abogado de Juan Larrazábal había alquilado una oficina para Nora en Ciudadela. Ella agradeció que no la obligaran a volver al local de su antigua empresa, la opción más sencilla y, *a priori*, lógica, siendo Larrazábal el propietario. La nueva oficina no tenía identificación en la puerta.

Nora empezaba el día respondiendo los *emails* recibidos por Juan Larrazábal. Al igual que con su teléfono móvil, él tenía ahora una dirección electrónica nueva, a la que Nora podía escribirle si era necesario pero que nadie más podía conocer. Muchos mensajes eran de periodistas e investigadores académicos. También había quienes le solicitaban empleo, le proponían que invirtiera en alguna idea tan revolucionaria como dudosa o, directamente, le pedían dinero. Otros le transmitían su admiración y le hacían saber en qué medida Revival había mejorado su vida. Pero, sobre todo, había mensajes de amenaza.

Al cabo de la primera semana, escribió un *email* detallado informando a su jefe. La contestación fue cortés pero clara. Larrazábal agradecía su empeño pero, en ausencia de una razón de verdadero peso, no debía ponerse en contacto con él.

El trabajo era fácil. Nadie llamaba a la puerta. Nora disfrutaba de las horas que pasaba en la oficina. Cuando no tenía nada que hacer, miraba por la ventana, sentada con los pies en alto.

Ignoraba si Juan Larrazábal ya estaba en Menorca. Eso no afectaba a su trabajo. Cuando Larrazábal adquirió la torre aparecieron noticias en la prensa pero nadie sabía dónde estaba ni cuándo planeaba instalarse. En los periódicos continuaban las críticas al Consejo Insular por permitir la construcción del nuevo acceso a cala Morell, a punto ya de inaugurarse. Circulaba el rumor de que Larrazábal estaba adquiriendo propiedades alrededor de Torre d'en Quart y también en cala Morell. No quería vecinos cerca.

Nora investigó en Internet sobre su nuevo jefe. Apenas había entrevistas y las noticias se centraban en dos episodios: el nacimiento de Revival y su venta, hacía un año. La mayoría de los resultados de los buscadores remitían a vídeos localizados previamente a través de Revival y a continuación etiquetados con el nombre de Juan Larrazábal. Pulsó en uno de ellos. Un doble de Larrazábal, maniatado, de rodillas en el suelo de un garaje o almacén oscuro, soportaba que varios hombres se turnaran para aporrearle la cara con sus penes erectos y escupirle en la boca. Los comentarios que acompañaban al vídeo rezaban: «Jajajaja prueba tu medicina hijoputa», «Parece que te gusta!!!» o «Te mereces eso y mucho más».

Cada vez había más mujeres con pasamontañas en Ciudadela. Nora se las encontraba en el supermercado o se cruzaba con ellas por la calle. Había visto alguna antes, pero desde que se supo que Larrazábal había comprado la torre su número se había multiplicado. A veces iban en grupo. ¿Eran todas isleñas o estaban viniendo de fuera de Menorca?

A la hora de salir de la oficina, miraba por la mirilla de la puerta para asegurarse de que el pasillo estuviera despejado. Luego inspeccionaba la calle desde el portal; si veía a alguien con pasamontañas, esperaba a que desapareciera antes de salir.

¿Qué sucedería cuando por fin se confirmara la presencia de Juan Larrazábal? Nora deseaba y temía ese momento.

Fragmento de la entrevista a Jaime Pereira, colaborador de Juan Larrazábal, publicada por la revista Lui *en su número de febrero de 2021.*

[...] Después de probar Revival por primera vez nos despedimos y nos fuimos a casa. Juan me llamó por teléfono un rato después. Sonaba nervioso o incómodo. Quería verme aquella misma tarde, a solas. Dijo que tenía que hablar conmigo de Revival. No sé por qué me llamó a mí. No creo que me considerara su amigo. Él siempre mantuvo las distancias con todos. Gorka también tenía novia, así que podría haberle llamado a él. Supongo que si yo le hubiera dicho que no, después habría llamado a Gorka. Juan no tenía pareja.

[...]

No, que yo sepa, nunca la ha tenido.

[...]

Nos reunimos en un bar del pueblo. Juan ni me miraba a los ojos. Dijo que me tenía que hacer una pregunta personal, pero que también tenía que ver con el trabajo, y me rogó que no me molestara. Viniendo de alguien como Juan, aquello me despertó la curiosidad, y también me alarmó un poco. Me preguntó si mi novia y yo habíamos grabado alguna vez un vídeo amateur. Un vídeo en el que apareciéramos manteniendo relaciones sexuales. Y antes de que yo pudiera responder, porque me había quedado sin palabras, me preguntó también si, en caso de existir el vídeo, lo habíamos subido a la red.

Juan necesita hacer otro ensayo con Revival. Aquella mañana habíamos hecho unos cuantos, con éxito, aunque el parecido entre las modelos de las fotos y las actrices de los vídeos, a veces mayor, a veces menor, quedaba sujeto a debate. Juan quería una prueba incuestionable de que Revival funcionaba correctamente. La tendríamos si hacíamos un ensayo en el que Revival no solo nos ofreciera un vídeo de una actriz parecida a la persona que escogiera el usuario, sino un vídeo de esa misma persona, localizado entre las grabaciones pornográficas amateurs que, de un modo u otro, iban a parar a la red.

[…]

A veces me lo he preguntado. Creo que si le hubiera dicho que teníamos el vídeo pero que no lo habíamos subido, él me habría propuesto ponerlo online. Habría sido capaz.

[…]

Mi chica y yo no teníamos ningún vídeo porno en Internet, pero ella sí. O creíamos que sí.

[…]

Ya no estamos juntos.

[…]

No, el vídeo no tuvo nada que ver.

[…]

Cuando empecé a trabajar en Revival, conté a mi novia en qué consistía el proyecto, y entonces ella me habló del vídeo, de la posibilidad del vídeo. Supongo que dudó si debía confesármelo y sobre el momento de hacerlo. Si aguardaba hasta que Revival estuviera en servicio, yo podría pensar que, en caso de que la web no hubiera funcionado, ella nunca me lo habría dicho. Si lo hacía antes, me mostraba su confianza en mi trabajo, halagaba mi ego. Así razonaba ella.

Dos años antes mi novia había estado de vacaciones en Ibiza con unas amigas. Ninguna tenía pareja entonces y el propósito del viaje estaba claro para todas; habían apostado acerca de cuál sería la *primera en acostarse con alguien. Mi novia no fue la primera pero tampoco la última. La tercera noche se ligó a un inglés, un tío de Mánchester que también había ido a la isla con un grupo de amigos. Por lo que me contó, estaba abrasado por el sol, le sobraban diez kilos y ella apenas entendía lo que decía, pero lo dio por bueno. Se lo llevó a su habitación y allí él grabó un vídeo con el móvil. A la mañana siguiente se despidieron y ella no volvió a ver al inglés. No sabía qué había sido de la grabación.*

Se lo conté a Juan y le dije que estaba dispuesto a hacer el ensayo. Buscaríamos el vídeo.

Fuimos al taller e introduje en la versión de prueba de Revival varias fotos de mi novia que tenía en el móvil. Un resultado. Play. De pronto estoy viendo un vídeo grabado en primera persona de un tío follándose a mi novia.

Poca luz y rojiza. Han echado un pañuelo sobre la lámpara. Ella sube y baja, montada encima de él, mirando a la cámara. Una mano de dedos anchos aparece desde abajo y soba un pecho de mi novia. Un temblor. Toda la habitación del hotel oscila, gira. Un chillido de sorpresa. Ella a cuatro patas sobre la cama. La espalda con marcas del bikini. El pelo le tapa la cara. Una polla entra y sale de mi novia. Se hinca hasta el fondo. Gemidos. El ano de mi novia.

Juan ni siquiera me preguntó si era ella. Mi cara se lo dejó claro.
[...]

Claro que fue embarazoso que Juan lo viera. A partir de entonces, podría hacerlo siempre que quisiera. Y cuando Revival entrara en servicio podría verlo cualquiera que tuviera una foto de mi novia. Pensé en cuántas personas tenían fotos de ella, hechas en fiestas de cumpleaños, cenas de compañeros de trabajo, excursiones de fin de semana...

* * *

Sonó el móvil de Larrazábal. Nora acababa de llegar a la oficina. Lo habitual era que las llamadas fueran de números desconocidos. Esta vez en la pantalla ponía «Mamá». Contestó.

¿Quién eres?, preguntó una voz autoritaria.

La secretaria de Juan Larrazábal. ¿En qué puedo ayudarla?

Quiero hablar con mi hijo. En eso puedes ayudarme.

Lo siento, pero en este momento no…

Es importante. Ponme con él.

No puedo, señora. Lo siento.

Escúchame. Necesito hablar con él.

La voz ya no era autoritaria, solo tensa, con un asomo de temblor.

Su hermana ha perdido al niño. En el sexto mes. Ha sido esta noche. Tiene que saberlo.

Y como si todavía hiciera falta decirlo, repitió:

Es importante.

Nora no sabía cómo responder.

Lo siento, musitó.

La madre de Juan Larrazábal sorbió con fuerza por la nariz.

Es su hermana pequeña y no está bien. Llamo desde el hospital. Ponme con él, por favor.

Lo siento, dijo Nora por tercera vez. Ahora mismo no puede usted hablar con él. Si quiere, le pasaré el recado.

¿Le pasaré el recado, dices? No es ningún recado. Su hermana está en el hospital. Ha perdido el bebé.

Se lo diré y seguro que él…

¿Dónde está?

¿Quién?

Mi hijo. ¿Dónde está?

No lo sé.

¿Eres su secretaria y no lo sabes?

No.

Dicen que está en Baleares.

No lo sé.

¿Dónde estás tú?

En Ciudadela. Menorca.

¿Y él no está contigo?

No.

Entonces no está en Menorca.

No lo sé.

La madre de Juan Larrazábal resopló. Al fondo se oyó un aviso emitido por la megafonía del hospital.

Díselo. Que nos llame.

Lo haré, descuide.

La comunicación se cortó. Nora dejó el teléfono en la mesa. Estaba temblando. Tenía que llamar a Larrazábal. No podía escribirle un *email*. Se trataba de una emergencia. Sacó del bolso el móvil de prepago enviado por su jefe, con un único número en la memoria.

Dime, Nora, dijo la voz apagada de Juan Larrazábal al cabo de muchos tonos, cuando ella ya estaba a punto de colgar.

Nora le contó lo sucedido. Él no la interrumpió. Cuando terminó de hablar, se produjo un silencio.

¿Señor Larrazábal?

Juan.

Juan, creo que tienes que llamar a tu madre.

Bien, Nora. No te preocupes. Yo me ocuparé.

Su voz continuaba siendo inexpresiva.

No me gusta que me llames por teléfono. La próxima

vez que mi madre quiera hablar conmigo, deshazte de ella, igual que con los demás.

Pero esta vez es…

Sí, una emergencia. La próxima vez líbrate de ella.

Al cabo de una pausa, Larrazábal añadió: Lo estás haciendo muy bien, Nora.

A continuación colgó.

Nora pasó el resto de la mañana pendiente del teléfono, temiendo otra llamada de la madre. Volvió a sonar al final de la tarde.

Quiero hablar con Juan.

No está aquí. Pero ya le he dicho que ha llamado usted. Se lo he explicado todo.

Pues no me ha llamado.

No sé qué puede haber pasado. Seguro que…

Dame su número. Quiero hablar con él.

Lo siento, pero no puedo.

Escúchame, estúpida, quiero que me des el teléfono de ese pervertido que me ha tocado por hijo…

Nora colgó.

Consideró escribir un *email* a Larrazábal. «Tu madre ha vuelto a llamar.» No lo hizo. Salió de la oficina antes de la hora habitual.

Revival fue un éxito desde su entrada en funcionamiento. Al cabo de tres meses las suscripciones ya habían cubierto la inversión realizada en la web. A los seis meses llegó al millón de suscriptores.

Su popularidad aumentó de modo exponencial cuando, afinado el motor de búsqueda, se estrenó la versión para teléfonos

móviles. *Esta permitía, por ejemplo, que un usuario que viaja-*
ra en metro delante de una mujer y le sacara disimuladamente
una foto pudiera subirla de inmediato a Revival y, antes de lle-
gar a la siguiente parada, mientras ella leía su libro electróni-
co o contemplaba aburrida su propio reflejo en la ventanilla, él
pudiera verla en un dormitorio de estilo versallesco, disfrazada
de María Antonieta, con la peluca torcida y el miriñaque su-
bido hasta la cintura, mientras un lacayo la follaba por detrás.
Cuando cumplió un año, Revival contaba con cinco millones de
suscriptores.

La creación de Juan Larrazábal pronto se convirtió en un
práctico recurso para investigar el pasado de la gente. Los de-
tectives privados sumaron la web a sus herramientas de trabajo.
Vídeos amateur *localizados por Revival se empleaban a dia-*
rio como prueba en demandas de divorcio. No obstante, el uso
principal era el de la búsqueda lúdica de dobles.

Comenzaron los debates. Si un usuario subía a la web fotos
de una menor, ¿podía considerarse pederastia, aunque los vídeos
que ofreciera Revival estuvieran protagonizados por mayores de
edad?

Se produjo un aluvión de solicitudes de personas que exigían
saber si su imagen se había empleado en Revival. Juan Larrazá-
bal incorporó a las condiciones de uso que debían firmar los sus-
criptores un punto según el cual la web no se hacía responsable
del origen de las fotos enviadas. Asimismo declaró que la web
no conservaba las fotos, que se borraban de inmediato una vez
efectuada la búsqueda. Sus explicaciones resultaron insatisfacto-
rias para los detractores de Revival, en aumento a la par que
los suscriptores. Numerosas plataformas feministas emprendie-
ron movilizaciones. Una de las más imaginativas y controver-
tidas fueron los blogs donde se colgaban instantáneas, tomadas

en lugares públicos, de hombres que, subrepticiamente, sacaban fotos a mujeres. Se daba por hecho que para emplearlas en Revival. En los blogs se aseguraban de que el rostro de los hombres fuera bien reconocible.

Proliferaron los grupos violentos en el seno del movimiento feminista, tradicionalmente pacífico, lo que generó críticas internas, tensiones y escisiones.

En todo caso, los colectivos feministas buscaban el boicot a Revival. Sus integrantes se manifestaban cubiertas con un pasamontañas para que no les fotografiaran la cara. Algunas adoptaron el pasamontañas de manera permanente. En opinión de otras mujeres, eso era responder a una degradación con otra, sobre la misma persona, anulando sus rasgos. Y esa segunda humillación era incluso peor, por cuanto era volitiva, fruto del convencimiento de la propia víctima.

J uan Larrazábal está en la isla, dijo Sergi.

Aprovechó un silencio durante la cena para soltar la noticia. No puso un énfasis especial en sus palabras, como si diera por supuesto que todos estaban al tanto y no hiciera más que introducir un nuevo tema de conversación. Pero los que lo conocían bien —Nora y su pareja, Miquel— sabían que le encantaba chismorrear y que su indiferencia era fingida; esperaba dejarlos pasmados. Y así sucedió, al menos con Nora. Miquel resopló con indignación afectada. Isabel, la nueva novia de Sergi y la más joven de los cuatro, tragó a toda prisa lo que tenía en la boca y dijo:

Ese es el de la página de Internet para hacerse pajas, ¿no?

El mismo, respondió Sergi, tan ufano como si la presencia de Larrazábal en Menorca fuera mérito suyo.

Nora se recostó en la silla. Estaban en la casa de Sergi, en

Son Ganxo. Cada pieza de la decoración se había escogido meticulosamente. El techo estaba adornado con falsas vigas de nogal. Una pared acristalada permitía ver el mar por encima de los tejados de los otros chalés. Cada pocos minutos, las luces de posición de un avión desfilaban de izquierda a derecha de la pared acristalada, rumbo al aeropuerto de la isla, situado a escasos kilómetros. Nora llevaba toda la cena pendiente de las luces. La regularidad de los aviones, el sigilo de su paso, la relajaban. Los cuatro comensales se reflejaban en la cristalera. Las luces de los aviones penetraban en los reflejos a la altura de la sien, atravesaban el cráneo parpadeando y salían por la sien contraria. A Nora le gustaba la casa de Sergi. Habría preferido cenar sola, con los aviones surcando nada más que el cráneo de ella. Si fuera su casa, tomaría el sol desnuda en el jardín y por las noches bebería leche con miel a la luz de la piscina.

El chalé donde vivía con Miquel en Ciudadela no era ni tan bonito ni tan acogedor como aquel. Una vez satisfechas las comodidades esenciales, no habían hecho, como les criticaba Sergi, «ningún esfuerzo estetizante».

Isabel acababa de trasladarse desde Barcelona. Sergi se dedicaba a la decoración de interiores y la había conocido en una feria de antigüedades donde ella trabajaba de azafata. La chica tenía diez años menos que él. Esa tarde habían salido al mar en la lancha de Sergi. Este insistió en que Isabel tomara el timón. Le daba instrucciones mientras la mantenía abrazada por la espalda. Nora apartó la mirada y se cerró la chaqueta hasta el cuello. El cielo estaba despejado pero corría brisa y el mar empezaba a alborotarse. Cambió de postura en el asiento de popa, sin conseguir estar cómoda. Nora se aburría fácilmente. No le importaba; la mayoría de las veces su aburrimiento era más satisfactorio que las diversiones que le proponían los demás.

Después de unos cuantos pantocazos fruto de la impericia de Isabel al timón, llegaron a la isla del Aire. Sergi atracó en un muelle de hormigón tan roído por la sal y el embate de las olas que los hierros de la armadura estaban a la vista. Era complicado caminar. Sergi explicó a Isabel que entre las particularidades del islote se contaba la de ser el hábitat de una especie endémica de lagartija.

Recorrieron un sendero hacia unos viejos almacenes de piedra semiderruidos. Sergi sacó del bolsillo una bolsa de patatas fritas, la abrió, cogió una patata y la lanzó al interior de una de las construcciones. Al instante, de entre las piedras salieron dos docenas de lagartijas que se lanzaron a por la comida. Tenían el tamaño de las lagartijas comunes pero eran de color negro mate y aspecto gomoso. Isabel soltó un chillido. Una lagartija atrapó la patata frita y corrió con ella sobre las piedras, perseguida por las demás. Sergi, riéndose, lanzó más patatas, haciendo salir a más reptiles. Saltaban desde los muros y zigzagueaban entre los pies de los cuatro. El chillido de Isabel había sido de feliz asombro, no de asco ni de miedo. Pidió a Sergi la bolsa y se dedicó a lanzar patatas en todas direcciones. Entró en uno de los almacenes en ruinas y se quedó plantada en el centro, sosteniendo unas patatas en la palma de la mano. Las lagartijas le treparon por las piernas, recorrieron el brazo extendido, cogieron la comida y brincaron a la hierba. Sergi la miraba complacido. Nora, procurando que los reptiles no la tocaran, vio que Miquel reía también. Este sacó el móvil e hizo unas fotos a la chica cubierta de lagartijas negras.

Luego me las pasas, dijo Sergi.

Más tarde, contemplando el paso de los aviones, Nora se preguntó si el anuncio de que Juan Larrazábal ya estaba en Menorca era otro intento de impresionar a la chica. Sergi habló del ánimo de los menorquines ante la llegada del célebre personaje: una combinación de indignación y curiosidad. Su vehemencia hacía pensar que el tema había regido la vida de la isla durante meses. Presentó lo sucedido hasta el momento como el primer acto de una historia que prometía giros inesperados, revelaciones desconcertantes y un final con columnas de vecinos enardecidos que avanzaban de noche hacia la torre, armados con hoces y antorchas. Recién aterrizada en la isla, donde no tenía trabajo ni amistades, a Isabel había que proveerla de estímulos para afrontar el invierno menorquín. La chica escuchaba con atención. No era fea, pensó Nora, y disfrutaba siendo el centro de la velada, lugar que habría ocupado aunque no fuera la nueva, la más joven y a la que había que dar la bienvenida. Nora había alcanzado la edad en que empieza a añorarse la juventud y es fácil caer en el resentimiento hacia tu vida presente. Le tranquilizaba pensar que todavía le quedaban unos años para llegar a los cuarenta, esa frontera psicológica más allá de la cual los golpes de timón vitales son siempre desesperados, risibles e inevitablemente a peor. Todavía estaba a tiempo de cambiar.

¿Cómo sabes que está aquí?, preguntó. ¿Cuándo ha llegado?

Hace tres días. Puede que antes. Tengo un amigo que trabaja en mudanzas. Lo llamaron para cargar unos muebles en el puerto de Mahón y llevarlos a Torre d'en Quart.

¿Lo vio?

A Larrazábal no. Solo vio a una vieja que le dijo dónde tenía que dejar las cosas.

¿Qué vieja?

No se presentó. A lo mejor es su abuela. O una criada. Iba toda de negro. Lo único raro era que tenía cicatrices, según mi amigo. Por toda la cara.

¿Cicatrices de qué?

¿Cómo voy a saberlo? Cuando mi amigo le preguntó dónde dejaba unas cajas de libros, ella respondió que tenía que preguntarlo, fue a la torre y volvió con la respuesta. Así que mi amigo supuso que Larrazábal también estaba allí.

¿Tú no sabías nada?, preguntó Miquel a Nora, que le lanzó una mirada censuradora. Nora es la nueva secretaria de Juan Larrazábal, aclaró a los otros.

En respuesta a los blogs donde se denunciaba a presuntos fotógrafos *voyeur*, surgieron otros que facilitaban instrucciones para hacer fotografías sin ser visto: trucos para esconder teléfonos móviles o cámaras en libros ahuecados o en carteras a las que se les practicaba un orificio por donde asomar el objetivo. Aun así, a diario se producían agresiones a usuarios de Revival que se olvidaban de desactivar el *flash*.

Tarde o temprano lo iban a saber, ¿no?, dijo Miquel.

No había ninguna necesidad de adelantar el momento, respondió Nora conteniendo el enfado.

Tranquila, no se lo contaremos a nadie, dijo Sergi. ¿Cuál es exactamente tu trabajo?

A Nora le habría gustado abofetear a Miquel, pero él ni siquiera así se habría percatado de su error, solo habría pensado que estaba borracha.

Últimamente Nora tenía fantasías de ruptura. Miquel había trabajado como pintor en la empresa de su padre. Al principio a ella le gustó por su carácter sencillo y previsible, pero la relación empezó a deteriorarse con la llegada de los problemas económicos. Cuando ella tomó las riendas del negocio, Miquel se alegró. Pensó que, siendo la pareja de la jefa, recibiría más encargos que otros pintores de la empresa, como en efecto sucedió. No contaba, sin embargo, con que el negocio empezara a ir mal. Su convivencia se convirtió en sendos listados exhaustivos de debes y haberes, donde cada tropiezo y pequeña ofensa debían compensarse y donde cada muestra de generosidad o de cariño era un bono para un posterior momento de egoísmo. Ella se felicitaba por no haber tenido hijos con él, pese a que Miquel, en la época de bonanza, había hablado de «comenzar nuestra búsqueda», idea que quedó luego olvidada. Nora había escapado del arrepentimiento y la abrasión psicológica diaria a que la avocaba una maternidad no deseada, tan solo consentida.

Con el dinero de la venta cancelaron la hipoteca de su casa y terminaron de pagar el coche adquirido hacía poco por Miquel. Pero de pronto este se vio sin apenas encargos. La opinión, exagerada y difundida por sus antiguos colegas, de que no era de fiar se había extendido por la isla. Sergi, al que conocía desde que eran niños, le consiguió un trabajo de mantenimiento de segundas viviendas, propiedad de gente que solo pasaba las vacaciones en la isla.

Es una esnob, dijo Miquel. Le gusta codearse con gente como Juan Larrazábal. Por si os preguntáis por qué trabaja para él. Está cansada de nosotros.

Si fuera así, me habría largado de la isla en cuanto vendí el negocio.

No, en serio, Nora, dijo Sergi, ¿por qué has aceptado?

Tenemos muchos gastos. Y no me gusta estar mano sobre mano.

Pero es Juan Larrazábal.

¿Qué tienes contra él? Tú usas Revival. Te gusta. Lo reconoces.

Nora miró a Isabel, que no reaccionó ante la noticia de que su novio era aficionado a Revival. Puede que ya lo supiera. Puede que ella también lo empleara. Muchas parejas lo utilizaban para animar su vida sexual.

Y tú también lo usas, añadió dirigiéndose a Miquel. ¿Por qué criticas a Larrazábal? Nunca te oí decir nada de él hasta que compró Torre d'en Quart.

No me gusta que venga aquí, dijo Miquel. No me gusta pensar en él encerrado allá arriba, haciendo quién sabe qué, inventar alguna otra cosa que nos complique la vida.

No está trabajando en nada, dijo Nora.

¿Te lo ha dicho?, preguntó Sergi.

No, pero tengo esa impresión, dijo Nora sorprendiéndose a sí misma. Hasta ese momento no se había detenido a pensar qué planeaba hacer Larrazábal en la isla, pero de pronto estaba segura de que trabajar no entraba en sus proyectos.

Ha venido a esconderse, dijo Miquel convencido. Se quedará en su torre hasta que la gente se olvide de él y pueda salir sin miedo de que alguna pirada con pasamontañas le parta la cabeza.

Y eso también te molesta, que se limite a estar a solas en la casa que ha comprado, ¿no? Lo que quieres decir es que no te gusta Juan pero te ofende que no se digne codearse con nosotros.

No está solo, dijo Sergi. Tiene a esa vieja.

Y a Nora, dijo Miquel.

Sí, yo hablo con él.

Pero no sabías que había llegado, dijo Sergi.

No, y tampoco lo he visto nunca en persona.

Pero supongo que ahora lo harás, dijo Miquel. Eres su secretaria.

Sí, claro que lo haré, dijo Nora.

No importaba a quién perteneciera la foto que se subiera a Revival; por muy gris que fuera su apariencia, pese a su total carencia de atractivos visibles, el programa siempre ofrecía resultados. La impresión causada era la de que todo el mundo tenía un doble, o varios, y que lo único notorio de estos, todo cuanto merecía mostrarse de ellos, era su manera de follar. Parecía imposible que existiera tal cantidad de vídeos pornográficos, y el número no dejaba de crecer. ¿Cómo podía haber tantos actores y actrices? ¿Quién era aquella gente? ¿Dónde se ocultaba? Se diría que el mismo Revival creaba las películas, o más bien que, en lugar de un mero buscador, era una mirilla a un mundo paralelo, donde vivía más gente que en el nuestro, varios dobles por cada uno de nosotros, entregados a un inagotable frenesí copulativo. Los habitantes de ese otro mundo no hacían más que lamerse, frotarse y penetrarse, lo que reemplazaba al sueño, lo que les proporcionaba agua y nutrientes.

Más tarde, en su casa, Nora se revolvía en la cama sin poder dormir. No dejaba de pensar en la conversación de la cena. ¿Afectaba a su trabajo que Juan Larrazábal estuviera en la isla? Decidió que no. ¿Debería escribirle para comunicarle que lo sabía y darle la bienvenida? Seguramente él no lo consideraría necesario y era posible que le molestara. ¿Lo había defendido con una vehemencia excesiva, injustificada? Estaba convencida de que no, tan convencida como de la hipocresía de Miquel.

Él no se había acostado aún. Se había quedado en el salón, después de decir que no tenía sueño y desear buenas noches a Nora con un beso rápido.

Nora sabía muy bien lo que él estaba haciendo. No necesitaba levantarse para comprobarlo. No quería volver a la cama con aquella imagen en el fondo de la retina. Si ella le dijera algo, él respondería que lo usaba de manera esporádica, «como todo el mundo». Miquel había subido a Revival las fotos hechas a Isabel en la isla del Aire. Primero había buscado algún vídeo de la chica, pero ahora la gente era más cuidadosa con lo que subía a la red, así que se había conformado con el vídeo de una doble. Al igual que muchos otros usuarios de Revival, rara vez se masturbaba con los vídeos. Su disfrute residía en la sensación de poder sobre otra persona.

Así era siempre, se dijo Nora, asqueada. Con la aparición de Revival, se convirtió en habitual sentir vergüenza y sospecha en presencia tanto de conocidos como de desconocidos, en especial si eras mujer. Cada vez que te presentaban a alguien en un bar, cada vez que asistías a una entrevista de trabajo, cada vez que acudías a la consulta del médico, tenías la certeza de que esa persona, en cuanto te dieras media vuelta, podría comprobar en la red qué aspecto tenías con una talla 110 de pecho y una polla encajada en la faringe. Nora lo encontraba repugnante, un abuso definitivo, imposible de demostrar, del que la mujer era víctima sin ni siquiera saberlo. Los usuarios asiduos de Revival se defendían argumentando que quienes aparecían en los vídeos no eran las personas en cuestión —las supuestas víctimas— sino solo otras que guardaban cierto parecido con ellas, que la mayoría de los vídeos ya estaba en la red antes de que existiera Revival y que los usuarios no hacían más que lo que se había hecho desde siempre a la hora de mantener relaciones sexuales: mirar a alguien e imaginar que se trata de otra persona. Nora no concedía validez a esas explicaciones. Puede que los vídeos ya estuvieran en la red, que Revival no tuviera nada que ver en su producción, pero sí los proveía de una lectura ofensiva. Revival era humillante, pensaba ella, porque el placer de los usuarios ni siquiera provenía de las personas a quienes deseaban, de su apariencia real, sino de dobles vulgarizados, caricaturescos. Era humillante igual que para los negros lo eran las bandas de jazz con intérpretes blancos, pintados con betún.

Era muy posible —de hecho, Nora estaba segura— que Sergi hubiera hecho con ella lo mismo que en ese momento Miquel estaba haciendo con Isabel. Claro que lo ha hecho, pensaba ella, aunque yo no le gusto, no me parezco a las chicas con las que suele salir. Me ha buscado en Revival precisamente porque no le gusto, para verme mejorada. Y no solo lo habría hecho Sergi, sino todos: amigos de los que se fiaba, clientes, proveedores... Las mujeres con poco atractivo y las que intentaban disimular su encanto físico disfrutaban de más éxito en Revival que las manifiestamente bellas.

Se hizo la dormida cuando Miquel se metió en la cama. Él dio varias vueltas buscando postura, suspiró y medio minuto después roncaba. Nora se apartó un poco para no tocarlo. No sentía lástima de sí misma, ni de Miquel, sino de

Isabel. El recuerdo que en ese momento se archivaba en el cerebro de Miquel no era el de nada que la chica hubiera dicho durante la cena, ni siquiera el de su imagen en la isla el Aire, mientras las lagartijas le subían por las piernas y ella reía como una niña feliz, sino el del vídeo zafio y nada imaginativo que él acababa de ver.

Claro que era posible que a Isabel no le importara, dada la soltura con la que había posado para las fotos, mirando fijamente a la cámara y echando los hombros hacia atrás y la cadera a un lado. ¿Se debía quizás a su juventud? ¿Los jóvenes empezaban a ver con normalidad, sin sentir temor ni vejación, el manoseo virtual del que eran continuos objetos potenciales?

De todo ello había que culpar a Juan Larrazábal.

El caso de Agna, Andrea y Cajsa, las tres niñas de Malmö, aumentó el nivel de alarma sobre los efectos que podía tener Revival. Las gemelas Agna y Andrea, y su amiga Cajsa, de trece años, participaban en la función de Navidad de su colegio. Realizaban una coreografía disfrazadas con unos vestidos de terciopelo rojo, ribeteados de blanco en el escote y el bajo de la minifalda, y tocadas con un gorro de Santa Claus. Durante los ensayos no hubo ningún problema, las tres estaban muy ilusionadas con la función, declararon luego sus padres. Sin embargo, en mitad de su número, Andrea se quedó paralizada, mirando con horror al público. Segundos después a las otras les sucedió lo mismo y las tres escaparon corriendo del escenario.

En un principio su comportamiento se atribuyó a un ataque de pánico escénico y no se le concedió importancia. Esa noche, sin embargo, en casa de las gemelas, las tres niñas ingirieron

*una dosis letal de somníferos. Previamente enviaron a sus con-
tactos un vídeo de despedida donde justificaban su suicidio por
el miedo a lo que el público de la función haría con sus imágenes. Fueron los* flashes *lo que las hizo salir huyendo.*

*Las niñas no se detuvieron a pensar que la muerte de una
persona no impedía que su imagen se empleara en Revival. En
los asilos de ancianos, los residentes sobornaban a los enfermeros
para que les dejaran un ordenador y los ayudaran a usar Revival. Subían fotografías de sus parejas cuando estas eran jóvenes;
fotos en blanco y negro, borrosas y abarquilladas; parejas que, en
ocasiones, llevaban décadas muertas.*

Alguien entró en la oficina. Nora llegó el lunes por la mañana y encontró forzada la puerta. Los ordenadores, despeda-
zados. Olía a heces. En las paredes había pintadas en contra
del creador de Revival: QUEREMOS VIVIR SIN VERGÜENZA.
LARRAZÁBAL, ESTÁS MUERTO..., además de otras dirigidas
a ella: FUERA LA PUTA DE LARRAZÁBAL; SABEMOS DÓNDE
VIVES...

Asustada, llamó al abogado. Sí, claro que sí, seguía teniendo el móvil de Juan Larrazábal, nunca se separaba de él,
y no, no había invitado a nadie a la oficina, pero había otros
locales en el edificio, la gente la veía entrar y salir a diario,
alguien la habría reconocido. El abogado la tranquilizó. En
el pasado habían tenido que lamentar sucesos similares. Le
dijo que se fuera a casa. Él se ocuparía de todo.

La llamó esa tarde para comunicarle la dirección de la
nueva oficina. El abogado no le preguntó si le había dicho a
alguien que era la secretaria de Juan Larrazábal. No importaba porque en breve iba a saberlo mucha gente.

La noche anterior no solo habían asaltado la oficina; tres personas cubiertas con pasamontañas —era fácil suponer que tres mujeres— habían entrado en los terrenos de Torre d'en Quart. No llegaron a acceder a la torre ni a ninguna de las casas porque las vieron y llamaron a la policía. Así lo dijo el abogado: «Las vieron y llamaron a la policía», sin concretar quién lo había hecho pero dando a entender que en la propiedad había alguien más aparte de Juan Larrazábal. Nora recordó lo que Sergi había dicho sobre una anciana vestida de negro. Las intrusas escaparon al oír acercarse los coches. Había que reforzar el vallado de la finca, instalar cámaras de vigilancia y contratar un servicio de seguridad. Lo mejor sería que alguien controlara el perímetro durante las veinticuatro horas del día. Eso obligaba a construir una caseta que sirviera de oficina a los guardas. Nora se encargaría.

Durante las siguientes semanas, se desplazó casi a diario a Torre d'en Quart para supervisar las reformas, y cada vez le sorprendía lo pequeña y sencilla que era la torre. Siempre que pensaba en Juan Larrazábal lo imaginaba en una construcción mucho más alta, que se elevaba sobre las copas de un bosque tupido, almenada, circular, repleta de pasadizos secretos —los pasadizos eran cruciales— y rodeada por un foso de agua verdosa donde nadaba un cocodrilo solitario. Por las noches, en esa torre imaginada se iluminaría una única ventana donde cada poco rato se recortaría la silueta de alguien con las manos a la espalda, enfrascado en reflexiones herméticas. Aquella torre no sería un refugio donde aislarse del mundo, sino una atalaya desde la que contemplarlo y comprenderlo mejor.

Nunca entró en la finca ni vio a Juan Larrazábal ni a ninguna anciana, sobre la que no dejaba de hacerse preguntas.

Le parecía lógico que Larrazábal contara con alguien que limpiara y cocinara para él, que le ayudara de puertas adentro de la finca, igual que ella lo hacía de puertas afuera.

No volvió a hablar con él por teléfono pero le escribía casi a diario con la disculpa de informarlo sobre las obras. En sus *emails* deslizaba comentarios no tanto personales como relajados, celebrando un día inusualmente templado o recomendándole algún plato típico menorquín. Esas frases que, si el destinatario hubiera sido otro, habrían sido rutinarias, recursos de cortesía para restar frialdad al mensaje, se convertían en la auténtica razón de ser de los *emails* y obligaban a Nora a escoger con tiento las palabras. Tenía la esperanza de empezar una suerte de diálogo que le permitiera saber más sobre Juan Larrazábal. Antes de que él llegara a la isla, el interés de Nora había sido —así se lo decía a sí misma— meramente profesional. Pero desde que Larrazábal estaba en Menorca, a unos minutos en coche de la casa de Nora, oculto en su torre medieval, había empezado a sufrir la comezón de la curiosidad.

Larrazábal obvió los insertos de Nora hasta que un día le llamó la atención rogándole que ciñera sus comunicaciones a cuestiones relacionadas con el trabajo.

Ella no era la única con ansia de saber. No se habían producido más incursiones en la finca, pero siempre que Nora iba a comprobar la marcha de las reformas se encontraba con curiosos que contemplaban la propiedad desde el exterior de la valla, hacían fotos o intentaban sonsacar información a los trabajadores. No se apreciaba actividad en la torre ni en las casas prediales. Las puertas y las ventanas estaban cerradas. No había vehículos aparcados, ni maceteros con flores adornando los alféizares, ni humo que saliera de la chimenea. Los curiosos se acercaban a Nora. Todos parecían saber que trabajaba para Larrazábal. Le preguntaban si de veras él estaba allí, recelosos, como si temieran que pudiera oírlos desde la torre, enfurecerse y, de algún modo, castigarlos. Otros eran más directos. En varias ocasiones Nora tuvo que enfrentarse a mujeres con pasamontañas que exigían saber de qué manera asquerosa ocupaba el tiempo el creador de Revival. Lo acusaban de degenerado y corruptor, mientras miraban a Nora con asco.

Una de las mejoras más polémicas de Revival fue la posibilidad de abrir cuentas personales. Los usuarios podían almacenar fotografías y el programa les avisaba mediante un email si detectaba la incorporación a la red de un vídeo que ofreciera coincidencia con alguna de ellas. Los detractores de Revival acusaron a Larrazábal de violar su promesa de que las fotos se borraban de manera inmediata y automática, y alertaron del enorme riesgo que entrañaba esta nueva práctica, como poco después se pudo comprobar con la Gran Filtración de Montreal de 2022.

Nadie había visto a Juan Larrazábal desde su llegada a la isla. Si es que en efecto había llegado. Un supermercado llevaba semanalmente la compra, encargada por Internet, a Torre d'en Quart. Abría la puerta una anciana de pocas palabras. No había indicios de nadie más. Circulaba el rumor de que en realidad Larrazábal no estaba allí, de que era dueño de torres, minaretes y alcázares por todo el mundo, y que no se sabía en cuál estaba refugiado.

A falta de Larrazábal, los isleños volvieron su atención hacia Nora. No podía entrar en la farmacia ni en la frutería sin oír cuchicheos sobre ella. Los hombres la fotografiaban sin disimulo, como si el hecho de que trabajara para Larrazábal implicara que tenían derecho a usar su imagen y que a ella no le importara. Una mañana en que tomaba un café en una terraza, una chica con pasamontañas le volcó la taza en el regazo. Otra, en la cola del cine, le escupió en la cara. En este caso la agresora se acercó a Nora a cara descubierta, sonriendo como si la conociera. Después de escupirle se sacó un pasamontañas del bolso, se lo puso y se alejó tranquilamente.

Nada de eso le hizo plantearse dejar de trabajar para Larrazábal ni empeoró su opinión de él. Pasaba más horas que antes en la oficina e iba directa a casa. Compraba por Internet todo lo que podía. Se decía, intentando sobrellevar la situación con buen humor, que cada vez se parecía más a su jefe.

Su vida social disminuyó. Cuando se fue a Inglaterra rompió el contacto con casi todas sus amistades. La mayoría de sus amigos actuales eran en realidad amigos de Miquel. La opinión de su pareja sobre Juan Larrazábal resumía el parecer de los menorquines: le repugnaba pero, sin reconocerlo, disfrutaba del inagotable objeto de conversación y crítica que representaba. Nora llegaba por la noche a casa y encontraba a Miquel ante la pantalla del ordenador, donde la doble de alguna amiga o de la chica nueva que despachaba en la panadería se untaba de aceite infantil unos pechos con marcas de bronceado y cicatrices quirúrgicas alrededor de los pezones. Ahora usaba Revival abiertamente. Cuando Nora le afeó su actitud, él respondió con una indignación ensayada. Solo usaba el invento de su jefe, el mismo que les permitía vivir tan bien.

Revival crecía, se reinventaba y nunca cesaba de fortalecerse. Una nueva versión ofreció la posibilidad de efectuar búsquedas dobles. Se introducían fotos de dos personas y el programa entregaba vídeos en los que sus dobles interactuaban. La cantidad de resultados y su parecido con los modelos eran menores que en el caso de una búsqueda simple. No obstante, los usuarios lo encontraban satisfactorio.

En la red aparecieron vídeos inspirados por Revival. Parejas de usuarios realizaban búsquedas conjuntas. A continuación se grababan a sí mismos imitando las posturas de sus dobles pornográficos. Editaban sus vídeos amateurs reproduciendo el montaje de la película. Componían ambas imágenes en una pantalla partida y las subían a la red. Lo que en un lado de la pantalla era flojo y pálido, en el otro estaba tonificado y bronceado en cabina de rayos UVA; lo que en un lado de la pantalla colgaba, en el otro se mantenía firme; lo que en un lado de la pantalla goteaba o se derramaba, en el otro salía disparado de manera copiosa.

No siempre sucedía así. En algunos casos resultaba difícil reconocer cuál era el vídeo profesional y cuál el amateur, no pudiéndose saber a quién correspondía el mérito, si a Revival, por la precisión de sus resultados, o a los usuarios, por su esmero en la imitación de la réplica.

Concluida su jornada de trabajo, Nora todavía se quedaba unas horas en la oficina, leyendo o descansando con las piernas estiradas en un sofá. La decoración, acogedora y neutra, le hacía sentir en una habitación de hotel, y a ella le gustaban los hoteles, donde no tenía que pensar por qué cuadro cambiaría aquel que no terminaba de convencerla ni quién desatascaría el lavabo cuando el desagüe se llenara de pelos y recortes de uñas unidos por una argamasa de flema y pasta de dientes. No le apetecía volver a casa ni pisar la calle. En Mahón, tres mujeres con pasamontañas habían apedreado a un hombre que hacía fotos a dos niñas en un parque. Estaba en el hospital, con fractura de cráneo, y había perdido un ojo. Las niñas resultaron ser sus hijas, que presenciaron la agresión. La policía había detenido a las atacantes.

Nora recibía llamadas e *emails* donde la amenazaban o la insultaban con términos manidos y previsibles. Una tarde pulsó sobre un *email* con el asunto: «Actualizaciones de seguridad activa y móvil». El destinatario era una denominación comercial. Pensó que tendría algo que ver con el sistema de vigilancia de Torre d'en Quart. Se abrió automáticamente un reproductor de vídeo. Al principio no entendió qué estaba viendo. Una chica con minifalda vaquera y un top rosa, sin sujetador, entró en una habitación donde había una camilla de masaje, un biombo, unas plantas con aspecto de ser falsas y un póster de un mandala. Miró a su alrededor y se desnudó, dejando las pocas prendas sobre una silla. Tenía los pechos medianos, un tatuaje de una constelación estelar en la ingle y un discreto *piercing* en el ombligo. Se sentó en la camilla y, tras dudar, se tumbó boca abajo. Entró el masajista, vestido con unos pantalones y una camisola de manga corta como los que usan los enfermeros en los hospitales. Cubrió las nalgas de la chica con una toalla, se echó aceite en las manos, lo templó frotándoselas y empezó a trabajarle la espalda, muy despacio. Hasta el momento la cámara había mostrado planos generales de la habitación o había dedicado su atención a la chica, pero entonces ofreció un plano cerrado del rostro del masajista, serio, concentrado en su trabajo. Nora sufrió un sobresalto. Era Juan Larrazábal. Un doble de él. Era más joven que el Larrazábal que había visto en fotos, tenía el pelo más tupido, y Nora estaba segura de que el auténtico no tenía los brazos musculosos del masajista. Y al identificar a Juan Larrazábal comprendió la desazón que la chica le había producido desde el primer momento. Era ella. También más joven. Las caderas más estrechas. El pelo de un rubio cobrizo que ella no había llevado nunca. Depilada. Una vez reconocida, le encontró cada vez mayor parecido consigo misma.

El masajista pasó a las piernas. Subía por las pantorrillas y la parte trasera de los muslos. Sus manos desaparecían brevemente bajo la toalla, subiéndola un poco en cada recorrido, hasta que la retiró del todo. La chica, con los ojos cerrados, gimió y abrió un poco las piernas. Ahora el masajista, después de proveerse de más aceite, acariciaba el interior de los muslos, rozaba con el canto de las manos los labios de la chica. Ella abrió más las piernas, exponiendo la vagina. Él la estimuló con mimo, empleando las yemas de los dedos, luego más fuerte, amasándola, le introdujo un dedo, dos. Ella se agarraba a los laterales de la camilla y levantaba la cadera.

Al cabo de un rato, el masajista se desplazó a la cabecera de la camilla y volvió a restregarle la espalda, desde los hombros hasta el culo, que estrujaba al final de cada movimiento, para lo que tenía que estirarse por encima de la chica, de modo que su entrepierna se pegaba a la cara de ella. La chica alzó la cabeza, tiró del cordón que ajustaba los pantalones del masajista, se los bajó y se metió la polla en la boca.

A lo largo del vídeo el masajista follaba a la chica en varias posiciones; siempre ella el centro de la imagen, subida a la camilla como a un altar. Él giraba a su alrededor. La folló de frente, por detrás, se agachó para lamerle el coño. Ella brillaba de aceite y él de sudor. La polla entró cómodamente en el ano.

Nora no sabía quién había enviado el vídeo. Se le pasó por la cabeza que hubiera sido Miquel. Lo que veía no se parecía en nada al vídeo que ellos grabaron una vez, poco después de empezar a salir juntos, por insistencia de él. Entonces Nora se había horrorizado ante lo que vio en la pantalla, no tanto por su aspecto como por el de Miquel. Parecía aún más flaco que al natural. Tumbado sobre ella, subía y bajaba el culo como un juguete mecánico. Cuando él se arrodilló en la cama y agachó la cabeza para practicarle sexo oral, a Nora le pareció una postura ridícula, indigna, que le recordó a un perro callejero bebiendo de un charco.

La chica del vídeo invitó al masajista a subir a la camilla. Él se tendió de espaldas y ella se montó sobre él a horcajadas. Luego el masajista se corrió en la boca de la chica. Ella, sonriendo a cámara, dejó que una mezcla burbujeante de saliva y semen le cayera por la barbilla. Mostrada la prueba, la enjugó con el dorso de la mano. El masajista había desaparecido en el ínterin. El vídeo concluía con ella tumbada en la camilla, el rímel corrido, relajada, como si se dispusiera a dormir una siesta.

Nora se subió las bragas, se recolocó la falda y fue al cuarto de baño a lavarse las manos. Apagó los ordenadores y se fue a casa.

* * *

Uno de los usos más frecuentes de Revival consistía en buscarse a uno mismo. Algunos usuarios lo consideraban un recurso para fortalecer la autoestima; otros lo encontraban instructivo o, sencillamente, excitante: situarse ante un doble tuyo, mejorado, que te mostraba cómo actuar, que se convertía en estímulo y referente de conducta.

Esa noche Nora se despertó sobresaltada. El reloj de la mesilla marcaba las 03:10. Miquel no estaba en la cama. No era extraño que se acostara después de ella. Cuando las cosas empezaron a ir mal, la frecuencia de sus relaciones sexuales disminuyó. Había pasado más de un mes desde la última vez. Nora no lo echaba de menos. Antes, cuando llegaba del trabajo frustrada y preocupada, queriendo nada más que poner punto final al día, la idea de que Miquel quizás esperara acostarse con ella le resultaba inabordable. Se sentía vacía; para dar algo a Miquel tenía que rebuscar en el fondo de sí misma, como quien rasca una olla donde se ha quemado un guiso. El goce quedaba descartado, asimismo dar una imagen digna. Solo tenía residuos calcinados para ofrecer y no sabía qué era peor, que no bastaran para satisfacer a Miquel o que sí lo hicieran. El letargo sexual supuso una preocupación menos y un alivio al que Nora se acostumbró pronto. Que él usara Revival con mayor frecuencia, o de manera más abierta, era un precio que aceptó con resignación.

Sí era raro, sin embargo, que Miquel siguiera levantado tan tarde. Lo llamó sin levantar la voz. No hubo respuesta. Fue a buscarlo, pensando que se había dormido en el sofá.

El salón estaba a oscuras. Volvió a llamar a Miquel sin que nadie respondiera. La única luz provenía del ordenador portátil encendido sobre la mesa. Se acercó a la pantalla.

Más adelante se preguntaría si Miquel dejó abierta ex profeso, a modo de despedida, su cuenta de usuario, que tantas veces le había negado que tenía, o si alguien se había colado en el ordenador y la había hecho visible. Se preguntaría también si, en este caso, el que lo hizo fue la misma persona que le envió el vídeo esa tarde.

Fue a la carpeta de fotos. Reconoció a casi toda la gente. No obstante, la mayoría eran de ella, tomadas en sus vacaciones con Miquel en Cerdeña, Croacia o Sudáfrica, sitios donde no los conocía nadie, fotos en las que Nora se mostraba feliz, bronceada, sin vergüenza ninguna, con bikinis atrevidos o en toples, segura de que nadie más que ellos dos las veía. Abrió la carpeta de vídeos favoritos. De nuevo, en casi todos aparecía ella, bajo la forma de actrices diferentes que se le asemejaban por la fisonomía o el rostro o alguna expresión concreta, cuando reían o cuando fruncían el ceño al ser penetradas. Follaba con los amigos de Miquel. Reconoció a Sergi y a Isabel. En otros vídeos aparecían antiguos empleados. Había también negros adornados con cadenas doradas, hombres con barba de varios días y uniforme de celador de prisiones, falsos ginecólogos, un pastor alemán…

Se sucedían los casos en que usuarios de Revival buscaban conocer en persona a su doble. Querían entregarle prendas suyas para que las empleara como vestuario en sus películas. A veces los usuarios se molestaban si su doble había cambiado de corte o color de pelo, o había engordado, o se había puesto ortodoncia.

Los actores y las actrices presentaban denuncias por acoso. Se dictaron órdenes de alejamiento.

Los usuarios acudían a clínicas de cirugía estética. Querían parecerse más a las personas que se parecían a ellos.

Juan Larrazábal ha salido de su torre, dijo Sergi. Lo han visto en Mahón y en Ciudadela, y también paseando por el Camí de Cavalls.

¿Cuándo?, preguntó Nora.

Hace semanas. Lo vieron en el cine de Mahón. El que me lo contó me dijo que no lo reconoció en un primer momento, pero está seguro de que era él. Lo acompañaba una mujer mayor. La que vive con él, supongo.

Las luces de los aviones recorrían la cristalera del comedor de Sergi. Nora escuchó la noticia con menos sobresalto del que habría imaginado. Isabel y Sergi estaban morenos y él se había librado de varios kilos. Llevaba una camisa vaquera remangada hasta los codos, el pelo más largo y había dejado de ponerse gomina. La diferencia de edades seguía siendo notoria pero sus estilos estaban en mayor sintonía.

Isabel se desenvolvía con mucha más soltura que el día que Nora la conoció. Actuaba con la autoridad relajada de una buena anfitriona. Ella y Sergi acababan de volver de Florencia, donde habían pasado la Semana Santa. Nora disfrutaba, menos pendiente de los aviones que en veces anteriores. Sergi e Isabel la habían invitado nada más llegar de Italia. Ella no había ido a ningún sitio en vacaciones. Últimamente salía muy poco.

Antes de la cena, mientras ella ayudaba a Sergi a poner la mesa e Isabel terminaba de arreglarse, él había sacado el tema de Miquel. Era un trámite de paso necesario y Nora agradeció que Sergi lo solventara con llaneza y prontitud. Hacía meses que ella no lo veía. Después de unos encuentros para solucionar cuestiones logísticas, Nora no había vuelto a tener contacto con él. En aquellas reuniones Miquel se comportó con eficiencia y generosidad, sin hacer recriminaciones ni replicar a las de ella, de pronto embebido en templanza. Nora se dijo que, si esa hubiera sido siempre su actitud, las cosas no habrían terminado como lo hicieron. Luego se replicó a sí misma que seguramente era una impostura para hacerla lamentar más su abandono.

Sergi sí sabía de él, para su pesar. Las tormentas caídas en la isla al comienzo de la primavera dejaron en evidencia la despreocupación con que Miquel había hecho su trabajo durante el invierno. Los canalones y desagües sin limpiar no habían podido evacuar las repentinas acometidas de lluvia. Varios propietarios que fueron a Menorca a pasar la Semana Santa se encontraron con terrazas y patios inundados, parqués levantados y piscinas enfangadas. Sergi era quien había recomendado a Miquel a los propietarios y se veía ahora en una situación fastidiosa. Había discutido con su amigo, que lejos de asumir su responsabilidad, se había mostrado orgulloso y displicente.

Eso resolvió la duda de Nora; el comportamiento de Miquel las últimas veces que lo había visto no fue más que una simulación lograda a costa de gran esfuerzo.

¿Qué hace, además de ir al cine?, quiso saber Nora. Seguían hablando de Larrazábal.

Pasear. Sentarse en una terraza a tomar un café. Casi siempre lo acompaña esa mujer. ¿La conoces?

Nora negó con la cabeza.

Y no sabías que él sale de la torre.

Ella reconoció que no.

Si lo reconocen y le dicen algo, o si alguien empieza a cuchichear, dijo Sergi, se va sin decir nada. Se van. Él y la vieja. Él está muy delgado.

A lo mejor, ahora que ha llegado algún turista, intervino Isabel, ya no tiene miedo de salir. Pasa más desapercibido.

Sergi y Nora asintieron en silencio. Desde la violenta agresión al padre de familia en Mahón y las detenciones posteriores se veía a menos mujeres con pasamontañas. Nadie más había entrado en la oficina y hacía semanas que Nora no sufría desplantes ni insultos. Larrazábal tenía que haber percibido el serenamiento de los ánimos. Y no podía ser insensible al desentumecimiento propio del inicio de la primavera, más aún tras haber pasado el invierno encerrado en Torre d'en Quart.

Nora preguntó en qué sitios, exactamente, se había visto a Juan Larrazábal.

* * *

Fue a ver a los guardas de Torre d'en Quart, que le confirmaron que Juan Larrazábal había empezado a salir. Dijeron que era cortés pero de pocas palabras, y que conocía los nombres de todos ellos. A veces lo acompañaba la señora, añadieron. Nora supuso que se referían a la anciana que vivía con él. Le indignó la indiferencia de los guardas. Pidió las grabaciones de las cámaras de seguridad, en las que vio a un hombre delgado, siempre con gorra y gafas de sol, que salía y entraba de la finca con las manos en los bolsillos.

Empezó a hacerse la encontradiza. Larrazábal tenía preferencia por un tramo del Camí de Cavalls, al norte de la isla, el que bordeaba Muntaña Mala y siguiendo la costa llegaba al guijarral de Els Alocs. No estaba lejos de la torre, así que Nora suponía que su jefe iba a pie. Los fines de semana y también algunos días laborables, después de salir del despacho, ella pedaleaba hasta allí. Tenía cuidado de volver a cerrar las barreras para el ganado. En la parte boscosa al sur de Muntaña Mala se detenía a escuchar los ruiseñores y reyezuelos enardecidos por la primavera. No le extrañó que a Larrazábal le gustara la zona, frondosa en el interior, agreste en la costa, y despoblada.

No entraba en sus planes presentarse a Juan Larrazábal. Confiaba en que él siguiera sin saber cómo era ella, que no hubiera indagado sobre su apariencia. Imaginaba un encuentro falsamente casual —unas palabras cruzadas durante un alto para admirar la costa terrosa— que conduciría a otros, en los que ella usaría un nombre falso y de los que podría surgir un inicio de confianza, siempre con el horizonte amenazador de tener que desvelar su identidad.

Un domingo por la tarde, al cabo de tres semanas de recorrer el mismo tramo, Nora salió de la sombra de los acebuches y los pinos blancos y bajó las escaleras de madera por las que se accedía a la cala del Pilar. Era un día casi veraniego y tenía sed. Sobre la arena ocre se extendían unas lenguas marrones al pie de los acantilados: tierra arrastrada por las lluvias del invierno. Era una cala virgen, sin ninguna instalación ni viviendas a la vista, pero en la parte alta, entre unas rocas, manaba un lánguido manantial de agua potable. Lo recordaba de cuando era adolescente e iba con sus amigas a darse baños de barro.

Una imagen de la virgen del Pilar guardaba la surgencia de agua. Ocupaba una hornacina natural, protegida por un cristal casi opaco por el salitre, el polvo y las ralladuras. Frente a la imagen había una mujer con la espalda muy erguida, contemplando las ofrendas dejadas a la virgen por otros visitantes: piedras con colores y formas peculiares, calderilla, unas flores silvestres en un frasco de mermelada… Era una anciana, vio Nora al acercarse. Vestía de negro; una falda pantalón ancha, una especie de camisola recta que le llegaba a medio muslo y un pañuelo al cuello. El pelo, blanco, lo llevaba muy corto, casi al rape. Quizás fuera por el lugar, frente a la hornacina de la virgen, pensó luego Nora, pero su primera impresión fue que parecía una sacerdotisa. Cuando la anciana se dio la vuelta, Nora vio que tenía cicatrices en la cara, como si hubiera padecido numerosos cortes.

Hola, Nora. Me alegro de conocerte por fin en persona. Soy Una, dijo adelantándose y tendiéndole la mano.

Tras una vacilación, Nora se la estrechó, confundida.

¿Quién es usted?

Vivo con Juan. Querías verlo a él, ¿verdad? Has estado viniendo por aquí.

No es cierto, dijo Nora tontamente.

Muy bien. Como tú digas. Seguramente querías beber. Adelante.

Nora obedeció, incómoda, olvidada la sed. Formó un cuenco con las manos y dejó que el hilo de agua del manantial lo llenara. Se le hizo eterno. Al beber derramó la mayor parte. Se secó la barbilla con la manga.

La anciana señaló una roca cercana, apta para sentarse, y caminó hacia ella sin decir nada. Nora la siguió. Tomaron asiento.

¿Quién es usted?, repitió Nora.

¿Yo? Nadie. Nada más que una especie de criada discreta.

Hablaba sin mover apenas los labios, como si se esforzara por no alterar la expresión del rostro, quizás porque le dolía. No obstante su voz era bien audible, con una resonancia hueca, un tanto nasal.

¿Desde cuándo se conocen?

¿Juan y yo? Desde hace mucho. Es una historia demasiado larga para contarla ahora.

Antes de que Nora pudiera pedir que, aun así, se la contara, Una dijo: Estás haciendo muy bien tu trabajo, Nora. Los dos te estamos muy agradecidos. No lo estropees. No intentes encontrarte con Juan.

¿Me reconocería?

No. Pero yo sabría que os habéis visto. Y entonces estarías despedida. Lo lamentaría mucho pero tendría que recurrir a otra persona.

A punto estuvo Nora de negar que buscaba un encuentro con Juan Larrazábal. Se avergonzó de haber imaginado situaciones de película, en las que ella se torcía un tobillo o incluso se caía al agua y él acudía en su auxilio.

Mientras hablaban, una pareja de adolescentes había

bajado a la cala y paseaba por la orilla. Vieron a Nora y a la anciana y se pusieron a cuchichear. Miraban disimuladamente a Nora.

Parece que han reconocido a la secretaria de Juan Larrazábal, dijo Una.

La anciana les devolvió la mirada con la cabeza alta, alzando la barbilla y echando los hombros atrás, como invitándolos a que la fotografiaran.

Te pasa a menudo, ¿no?

Nora asintió.

No te dejes amedrentar.

No lo hago.

Muy bien. Supongo que a veces es difícil de soportar... Ya sabes. El asco.

¿El asco?

Sí. El que producen, dijo Una señalando a los adolescentes. Se sacudió la arena de los bajos de la falda pantalón. Suspiró. La pareja se alejaba, en busca de un rincón donde besuquearse.

¿Por qué no puedo verlo?, preguntó Nora.

¿A Juan? Porque eres alguien. Cuando sale de la torre prefiere tratar con personas que no significan nada para él y que, a ser posible, no lo reconozcan. Quiere pasar lo más desapercibido posible.

Eso lo entiendo pero...

Una la interrumpió diciendo: Además, de momento, su necesidad de contacto social se satisface pronto. Le basta con intercambiar unas palabras con la cajera del supermercado o con sentarse en el cine rodeado por otras personas. No necesita más.

Ha pasado una época dura, dijo Nora.

Una asintió.

Muy dura, dijo, y se puso en pie.

¿Ya se va?, preguntó Nora.

Sí. He estado fuera mucho rato. Puede que él necesite algo. Me ha gustado conocerte en persona, Nora. Lo digo en serio. Ha sido un placer. Pero recuerda lo que te he dicho.

La anciana caminó hacia las escaleras.

Disculpe, dijo Nora, y Una se detuvo. ¿Sabe qué tal está la hermana de Juan, la que tuvo el aborto? Hace tiempo que quiero preguntárselo a él pero no sé cómo.

No tengo ni idea. Eso a nosotras no nos importa.

La anciana echó a caminar de nuevo pero Nora volvió a llamarla.

Cuando escribo *emails* a Larrazábal, es usted quien los lee y me responde, ¿verdad?

La anciana sonrió.

¿Ves cómo eres la indicada para este trabajo? No lo eches a perder.

Nora siguió sentada en la piedra. Vio a Una subir las escaleras, despacio pero sin hacer descansos ni mirar atrás. Mientras la observaba se le pasó por la cabeza que si se introdujera en Revival una foto de Una cuando era joven, no se obtendría ningún resultado.

Una mañana a mediados de la semana siguiente, a Nora la despertó una llamada de los guardas de Torre d'en Quart. El jefe del turno de noche, fuera ya de su horario, le dijo que esa madrugada un grupo de personas había intentado entrar en la propiedad. Mientras hacía su ronda, un guarda sorprendió a tres individuos que habían apoyado una escalera contra la valla. Uno ya había empezado a subir. Huyeron en cuanto lo vieron, abandonando la escalera. Sí, ellos también suponían que se trataba de mujeres. Las tres vestían de negro e iban cubiertas con pasamontañas. El guarda llamó a sus compañeros pero no pudieron atrapar a ninguna de las intrusas ni vieron nada que permitiera identificarlas. Cuando regresaron a su caseta encontraron unas pintadas insultantes en la fachada.

Ya de día, un compañero del turno de mañana acababa de informar de que en la carretera de Ciudadela se había cruzado con una pancarta contra Juan Larrazábal, fijada a unos postes clavados en la cuneta.

En opinión del jefe del turno, el incidente no había sido grave y por eso no había molestado antes a Nora. Ella preguntó si la valla había sufrido desperfectos. No. ¿Habían quitado la pancarta? Alguien se estaba ocupando de ello en ese mismo momento. ¿Los inquilinos de la torre sabían de lo sucedido? El jefe de turno creía que no. Dentro de la propiedad todo seguía como siempre. Los guardas nunca se ponían en contacto con los de dentro. Si sucedía algo, debían llamar a Nora. ¿Habían avisado a la policía? El jefe de turno dijo que no y preguntó si quería que lo hiciera. Nora respondió negativamente.

Fue a ver las pintadas en la caseta de los guardas. Desde allí llamó a un pintor para que acudiera ese mismo día y dejara la fachada como nueva. A continuación escribió a Juan Larrazábal para contarle lo ocurrido y asegurarle que la situación estaba bajo control. La respuesta llegó al cabo de unos minutos, sin órdenes ni recomendaciones; no traslucía si Larrazábal y la anciana se habían enterado de algo ni si estaban alarmados. El *email* de Larrazábal era apenas un acuse de recibo. Ella pensó que en realidad lo había escrito Una. Era posible que Larrazábal no supiera nada y que no lo supiera nunca.

Dedicó el resto del día a recorrer los alrededores de la torre acompañada por uno de los guardas. Quería asegurarse de que no hubiera más pancartas. También volvió a la caseta de seguridad, a comprobar cómo marchaba la labor de pintura. Ordenó a los guardas que esa noche estuvieran especialmente atentos, que reforzaran el turno con dos personas y que aumentaran la frecuencia de las rondas.

Cuando volvió a casa era noche cerrada. Aparcó en el garaje anexo. Siempre usaba la puerta de servicio, por la que se accedía a la cocina. Iba a abrirla cuando alguien le cubrió la cabeza con algo que la dejó a ciegas y otra persona le sujetó las manos a la espalda. Intentó gritar pero una mano le tapó la boca por encima de la capucha. Forcejeó sin conseguir nada, salvo que le hicieran daño al sujetarla con más fuerza. Alguien cogió las llaves que ella había dejado caer al suelo y abrió la puerta. La empujaron adentro. La obligaron a sentarse en una silla. Le arrancaron la capucha y, antes de que pudiera ver a los asaltantes, uno de ellos le asestó dos bofetadas y, rápidamente, le cubrió la boca con la mano para silenciar cualquier grito o lamento.

No digas nada. No hagas ruido. No te muevas, susurró una voz femenina. ¿Entendido?

Nora asintió. Nadie había encendido la luz. En la penumbra de la cocina, distinguió que la que había hablado vestía pantalones vaqueros, jersey negro y un pasamontañas, negro también. Era baja y robusta. La acompañaban otras tres personas. Una de ellas estaba inmovilizando las manos a Nora con cinta americana por detrás del respaldo de la silla.

Cuando terminó, le fijó los tobillos a sendas patas. Otro asaltante se encargó de bajar la persiana de la cocina. Luego fue al salón; Nora supuso que para hacer allí lo mismo, y a continuación en el resto de la casa. El último asaltante permanecía apartado y tranquilo. Todos llevaban ropa oscura e iban cubiertos por pasamontañas negros. Pese a haber bajado las persianas, no encendieron ninguna luz. Nora no veía más que siluetas. No distinguía si llevaban armas, pero allí mismo, en la cocina, disponían de un repertorio de instrumentos cortantes y punzantes.

¿Quiénes sois?, preguntó.

Como respuesta recibió otra bofetada. Luego hubo una pausa y otra bofetada más.

¿No has oído lo que te he dicho? No digas nada.

A menos que te preguntemos. Entonces más te vale responder, dijo quien la había maniatado. Otra mujer.

El asaltante que había salido de la cocina volvió a entrar y dijo que ya nadie podría verlas desde fuera. Una mujer también.

La que la había abofeteado puso una silla enfrente de Nora y se sentó.

Eres la secretaria de Juan Larrazábal, ¿no? Ese cerdo opresor.

Nora dudó. Dijo que sí.

El cuarto asaltante —Nora dio por sentado que era otra mujer— se había apoyado en la encimera y la miraba de brazos cruzados. La de las bofetadas se volvió hacia esta, que asintió. Sin levantarse de la silla, la mujer robusta dio a Nora un puñetazo en el estómago.

Te gusta trabajar para él, ¿verdad? Te parece bien que nos humille. ¿Te gusta que te humillen a ti?

Echó la cabeza de Nora hacia atrás tirándole del pelo y le asestó otras dos bofetadas. Luego se recostó en la silla, a la espera de que la cautiva se recuperara.

Estoy esperando una respuesta. ¿Quieres que te vuelva a dar?

Nora sangraba por un labio. Lloraba y moqueaba. Negó con la cabeza. Luego asintió.

¿Quieres que te vuelva a dar?

Trabajo para él.

La mujer robusta resopló.

Debes de ser idiota, dijo, y levantó un pie calzado con una bota de montaña y lo estrelló sobre uno de los de Nora, que soltó un lamento e intentó retroceder como fuera, arrastrar la silla lejos de aquella mujer, pero otra asaltante se lo impidió sujetando el respaldo.

No te he preguntado si trabajas para él. Eso ya lo sé. Te he preguntado si te gusta colaborar con ese hijoputa.

Nora dijo que no, luego que sí, luego otra vez que no y redobló el lloro.

Está bien. Tranquila. ¿El cerdo está en la torre?

Nora asintió. Le ardía la cara y el pie le dolía mucho. Estaba segura de que le habían roto algo. Sentía náuseas por la ansiedad y el sabor de la sangre.

¿Cómo podemos entrar?

Hay guardas, consiguió decir.

Ya lo sabemos. ¿Cómo podemos entrar?, preguntó la torturadora, haciendo una pausa después de cada palabra.

¿Qué queréis? ¿Qué le vais a hacer?

Ajustar cuentas con él. Que sepa lo que es sentirse esclavizado. Que sepa lo que es que te usen. Que te traten como mierda. ¿Tienes llaves de la finca?

No. Lo juro.

Pero puedes llamar a los guardas para que se vayan a casa, ¿verdad?

Sí. Pero después de lo de anoche se extrañarán. ¿Vosotras intentasteis entrar?

Hubo una pausa, tras la que la torturadora dijo: Eres muy curiosa tú. Soy yo la de las preguntas. ¿Entendido?

A continuación la asaltante robusta volvió a mirar hacia la que seguía apoyada en la encimera, que hizo dos gestos: uno señalando la puerta de la cocina y otro el bolso de Nora, que habían tirado encima de la mesa. La que había echado las persianas y la que había atado a Nora buscaron en los cajones, ayudándose de linternas, hasta dar con dos cuchillos bien afilados. Nora empezó a suplicar. Una de ellas, acercándole un cuchillo a la nariz, dijo: Te mereces lo que te va a pasar, puta. Te lo vas a pensar dos veces antes de volver a trabajar para cerdos.

Las dos salieron de la cocina.

La torturadora vació el bolso de Nora sobre la mesa y, usando asimismo una linterna, examinó el contenido.

Hay un juego de llaves. ¿Son de la finca?

De la oficina.

¿Dirección?

Nora se la dijo.

Más te vale que me digas la verdad.

La mujer robusta se guardó las llaves en el bolsillo.

Hay tres móviles, ni más ni menos.

Del cajón que habían dejado abierto las otras mujeres, cogió un cuchillo y cortó la cinta americana que inmovilizaba las manos de Nora.

Desbloquéalos, ordenó.

Nora obedeció. Necesitó más de un intento con cada teléfono. Le temblaban las manos. Su torturadora entregó los teléfonos a la mujer que aguardaba junto a la encimera, quien aún no había dicho ni palabra. Había encendido un cigarrillo y fumaba tranquilamente, con el pasamontañas un poco levantado para dejar al descubierto la boca. Tenía una tos flemática. Procedió a examinar los teléfonos. Unos minutos después devolvió uno a la mujer robusta, el que tenía un único número en la memoria.

No me jodas, dijo la torturadora mirando la pantalla. ¿Es el suyo? ¿Llamamos o lo publicamos en Internet?

No esperó respuesta.

Qué hostias, dijo. Haremos las dos cosas. ¡Eh, chicas, venid!, llamó alzando la voz.

Las otras dos mujeres regresaron y cuando supieron que tenían el teléfono de Larrazábal se pusieron a dar saltos y a palmearse la espalda entre ellas.

¡Se va a enterar el hijoputa!

¡Ahora nos va a oír!

Nora sollozaba y negaba con la cabeza.

¿Habéis acabado con lo vuestro?, preguntó la torturadora a las otras dos. Ellas dijeron que no y les ordenó hacerlo. Salieron de la cocina a la carrera y la torturadora se dedicó a pasear arriba y abajo, como si ensayara lo que pensaba decir a su enemigo. La jefa había encendido otro cigarrillo.

Varias veces, Nora vio a las otras dos mujeres entrar de nuevo en la cocina, abrir armarios y cajones, coger algo y volver a salir. Al cabo de un rato regresaron y dijeron que ya estaba.

La torturadora inspiró profundamente, como si fuera a

saltar desde un trampolín muy elevado, y apretó el botón de llamada. Puso el móvil en modo manos libres. Todas oyeron los tonos de llamada. Sonaron largo rato.

Más te vale que conteste, puta, amenazó la torturadora.

¿Diga?

¿Eres Juan Larrazábal?, preguntó la torturadora con voz áspera.

¿Con quién hablo? ¿Nora?

No. No soy tu secretaria, cabrón.

¿Dónde está ella? ¿Qué está pasando? ¿Quién es?

Tienes miedo, ¿verdad, cerdo? Haces bien, porque vamos a por ti.

¿Dónde está Nora?

¿Quieres hablar con tu putita? ¿Qué te hace, además de contestar las llamadas? ¿Te gusta humillarla, como haces con las demás, cabrón, hijoputa?

La mujer robusta acercó el teléfono a Nora.

Lo siento, lo siento, dijo ella.

¿Nora?, preguntó Larrazábal, con voz tensa.

La hemos convencido para que nos dé tu teléfono. Ha sido muy fácil. Lo estaba deseando. ¿Sabes una cosa? En realidad no le caes bien. Trabaja para ti pero le das asco. En realidad es una de las nuestras. Nos das asco a todas.

Las otras dos mujeres acallaban la risa. La jefa seguía en silencio.

No es verdad…, empezó a decir Nora, pero le taparon la boca y la abofetearon al tuntún, en la sien, en el cuello…

Juan Larrazábal colgó. La cocina quedó en silencio por un momento.

¿Qué va a hacer?, preguntó la robusta. ¿Llamará a la policía? ¿Qué te parece a ti?, interrogó a Nora. ¿Le importas tanto como para llamar? A lo mejor prefiere quedarse sentado tan tranquilo en su torre.

La jefa se separó por fin de la encimera, dejó caer el cigarrillo al suelo y salió a la calle por la puerta del garaje.

Parece que nos vamos, dijo la robusta. Nos llevamos esto, añadió sosteniendo en alto el teléfono con el que había llamado a Larrazábal. Y por si tenías alguna duda, tú también nos das asco. Más que por ese cerdo, las mujeres estamos jodidas por culpa de tías como tú.

La robusta salió también pero las otras dos se demoraron unos minutos. Volvieron a maniatar a Nora y la amordazaron con varias vueltas de cinta americana alrededor de la cabeza. Luego se divirtieron golpeándola como si fuera un saco de arena y dándole patadas en las espinillas. No supo cuándo dejaron de hacerlo y se fueron, para entonces había perdido el sentido.

La despertó la policía. Habían entrado por la puerta del garaje, que encontraron abierta de par en par. Un agente se quedó con ella y pidió una ambulancia mientras otro inspeccionaba la casa. Pese a los esfuerzos del primer agente, Nora se desmayó otra vez.

Volvió a despertar en una cama del hospital. Le dolía todo el cuerpo y tenía mal sabor de boca, como si hubiera comido hígado de ternera poco hecho. Apenas veía nada; se le habían hinchado ambos ojos. El pie que le habían pisado tenía dos metatarsos rotos. Era la única lesión importante.

La policía le dijo que no habían detenido a nadie. Las agresoras debían de haberse deshecho de los pasamontañas y dispersado en cuanto salieron de su casa. ¿Había reconocido a alguna por la voz, la fisonomía o algo que dijera? No. ¿Sospechaba de alguien? No. ¿Tenía enemigos? Nora dijo quién era su jefe y lo que hacía para él. Los agentes asintieron. Le dijeron que habían recibido una llamada de aviso, de una mujer. Le permitieron escuchar la grabación. Reconoció la voz nasal de Una. La llamada se había producido unas dos horas después de que Nora llegara a casa y las asaltantes la sorprendieran. Le resultaba difícil estimar cuánto tiempo había pasado en sus manos, pero desde que se fueron hasta que Una llamó al servicio de emergencias debió de mediar más de una hora. Larrazábal se había pensado si debía pedir ayuda. O quizás no. La cronología era confusa. ¿Llegó ella a desmayarse en algún momento? En cualquier caso, Larrazábal no se había dignado llamar en persona. La policía también informó a Nora de que en la casa se habían producido daños, si bien más aparatosos que graves.

Pasó dos días en observación. Sergi e Isabel le hicieron compañía. También la visitaron varios empleados de su antigua empresa. Ante la visión de su cuerpo amoratado, todos se manifestaron horrorizados e indignados. Algunos hicieron comentarios acusatorios contra Larrazábal. En estos casos, Nora callaba. Experimentaba un profundo asco por sus agresoras. Sentía lo mismo por todos cuantos criticaban al creador de Revival. Eso le impedía pensar mal de él. No importaba que hubiera tardado en avisar a la policía ni que no lo hubiera hecho él mismo.

Al segundo día fue a verla Miquel. Los demás los dejaron a solas. Estaba más delgado. Se sentó junto a la cama, cogió a Nora de la mano y le preguntó con voz rota cómo estaba. Rompió a llorar antes de que ella dijera nada. Sollozó largo rato, con la frente apoyada en las sábanas, sin soltarle la mano, mientras ella le susurraba que estaba bien. Cuando vio que la cosa se prolongaba, Nora se entretuvo mirando por la ventana. Había imaginado muchas veces la escena en que Miquel regresaba arrepentido y ella le respondía con una firme indiferencia. Pero no se recreó. La indiferencia le salió de manera natural.

Le pareció que Miquel tenía menos pelo en la coronilla. Le vio escamas en el cuero cabelludo y se preguntó si cuidaba su higiene. Volvió a mirar por la ventana.

Lo siento, dijo Miquel enjugándose las lágrimas. Si yo hubiera estado en casa…

No sabemos lo que habría pasado.

Esto no. Seguro.

Bien. Lo que tú digas.

Vivo en un apartamento en Cala Blanca. Puedes quedarte conmigo todo el tiempo que quieras.

¿Por qué?

No querrás volver a casa, al menos de momento.

No te preocupes por eso.

Conmigo estarás bien. El sitio no es muy grande pero te dejaré la habitación y yo dormiré en el sofá cama.

Eres muy amable, aunque no hace falta. Estoy bien, dijo Nora cerrando el paso a otras posibles propuestas.

Desde el hospital, habló con el abogado de Juan Larrazábal. Él ya estaba al tanto de lo sucedido. Le dijo a Nora que alguien, era de suponer que las mismas personas que la agredieron, había entrado en la oficina y se había llevado los ordenadores.

¿Cuál es mi situación?, preguntó ella.

¿Quieres saber si estás despedida?

Nora dijo que sí. El abogado respondió que Larrazábal aún no le había comunicado nada al respecto.

Cuando le dieron el alta, Nora se instaló por unos días en

la casa de Sergi e Isabel. Ellos insistieron y ella cedió gustosa. Le habían escayolado el pie y caminaba con muletas. Lo primero que hizo después de salir del hospital fue comprobar el estado de su casa. Sergi la acompañó.

Las asaltantes habían llenado a medias la bañera. Nora encontró hundidos en el fondo su ordenador portátil, la *tablet*, el lector de libros electrónicos, dos discos duros externos y un puñado de *pendrives*. Habían sacado de armarios y cajones toda la ropa de Nora y hecho un montón con ella en su cuarto. Luego habían volcado encima el cubo de la basura, además de frascos de salsa de tomate, mayonesa y mostaza, y de una botella de lejía. Las paredes estaban cubiertas de pegotes y salpicaduras: champú, crema hidratante, tinte para el pelo, aceite, líquido desatascador… Nora lo miraba todo sin pronunciar palabra.

Vámonos, dijo Sergi, tirando suavemente de ella.

Él se ocupó de contratar a un equipo de limpieza y de supervisar las reparaciones. Hablaba de ello como si fuera un trabajo mayor del que era realmente y gastó más dinero del necesario, pero Nora lo dejó hacer. Cuando por fin volvió a su casa, esta olía a pintura y a alguna clase de fragancia antiséptica. Habían recolocado las sillas de la cocina. No podía saber a cuál la ataron. Cada esquina, cada armario, eran escondrijos de los que podía salir alguien y empezar a abofetearla.

Pidió un taxi y tomó una habitación en un hotel. Se tumbó en la cama sin desvestirse, con intención de echar una siesta, pero se quedó con la vista fija en el techo. Un rato después, cuando por fin había conciliado el sueño, la despertó el teléfono. Era Una. Por petición de Juan Larrazábal, la invitaba a visitarlos en Torre d'en Quart.

* * *

La historia de Revival en el período en que Juan Larrazábal fue su propietario se explica por la clase de servicio que la compañía ofrecía y por la idiosincrasia de su creador. A diferencia de otros negocios de Internet con rápida implantación social y una capitalización elevada, Revival no optó por la vía de la diversificación, en el ámbito de Internet o fuera de este; nunca se distanció de su planteamiento de partida. El responsable de esta política fue Larrazábal, que mantuvo la compañía dentro de unas dimensiones tales que le permitieran su control en solitario. Tres años después de su nacimiento, Revival trasladó su sede central a Dublín por motivos fiscales. En opinión de empleados cercanos a Larrazábal, el ritmo de incorporación de activos humanos y físicos, inferior al recomendado por el potencial de la compañía, suponía una traba al crecimiento. La inaccesibilidad de su creador, pareja a su inamovible decisión de no ceder las riendas, y su hermetismo a la hora de atender propuestas que supusieran una desviación de su proyecto, eran, como igualmente han declarado sus colaboradores, lastres para Revival. Larrazábal nunca planteó la salida a bolsa y desoyó reiteradamente las peticiones, clamorosas, desde dentro y fuera de Revival, de incorporar publicidad.

Las dimensiones de Revival —un pez apenas mediano en el mar de las compañías de Internet— y su capacidad de crecimiento habrían hecho de la firma un bocado muy sugerente para peces mayores, siempre hambrientos. Sin embargo, lo controvertido del servicio prestado por Revival disuadió a los magnates de la red, temerosos del daño que la adquisición ocasionaría a su imagen. Pero no todos los compradores tenían tantos remilgos.

Antes de que Revival celebrara su octavo cumpleaños fue vendido al multimillonario ruso Alexander Kabaeva. La noticia tomó por sorpresa a los empleados de Juan Larrazábal. El precio y las condiciones de la compra no han trascendido y solo podemos especular al respecto. Para entonces Revival había alcanzado los seiscientos millones de usuarios.

En cuanto a los motivos que llevaron a Juan Larrazábal a desprenderse de Revival solo cabe, una vez más, recurrir a conjeturas. Si la empresa no había llegado todavía a un tamaño que él ya no fuera capaz de controlar en solitario, sin duda estaba a punto de hacerlo. La presión social en contra de Revival no cesaba de crecer. La compañía se hallaba embarcada en más de un centenar de procesos legales. Las dos agresiones personales que sufrió Larrazábal, en Dublín y Hong-Kong, la segunda de las cuales le obligó a permanecer hospitalizado durante cinco semanas, sin duda tuvieron su peso a la hora de desprenderse de su creación.

Alexander Kabaeva debía su fortuna a un conglomerado de compañías mineras y siderúrgicas. A mediados de la década del 2000 se había introducido en el ámbito tecnológico con la adquisición de un operador de telefonía móvil y un buscador web de creación rusa. Entre la diversidad de empresas de las que era propietario, figuraban, en posiciones intencionadamente discretas, una web de contactos para personas casadas y una productora de cine porno.

Con el fin de alejarse de los detractores de Revival, Kabaeva no escatimó en medios. Trasladó la empresa a unas antiguas instalaciones del Ejército soviético, al norte del círculo polar ártico, lo bastante amplias como para alojar también los platós de grabación de Verso21, la productora del magnate. Revival, al igual que la criatura del doctor Frankenstein, concluía sus pasos cerca del punto más alejado y septentrional del hemisferio, pero no con la intención de levantar una pira funeraria donde reducirse a cenizas, para que sus restos «no sugieran a algún curioso y desgraciado infeliz la idea de crear un ser semejante».

La productora contrató a actores de rasgos neutros, que se podían realzar en una dirección u otra mediante el maquillaje y la peluquería. De acuerdo a los rumores que aún circulan en la red, los actores llegaban en autobuses con cadenas, bajo ventiscas de nieve, después de atravesar una extensión deshabitada sin puntos de referencia. Se apeaban encorvados para resistir el vendaval, cubiertos de ropa tan gruesa que los hacía parecer el doble de anchos, y gorros y bufandas tras los que apenas se distinguían las caras. Empleados de Revival, igualmente abrigados, con funciones de guías o capataces, les gritaban instrucciones en un inglés tosco y autoritario, de nuevo según los rumores.

Verso21 organizó intercambios de parejas entre matrimonios de usuarios de Revival y sus respectivos dobles, localizados por la web. Los encuentros se grababan y comercializaban. En los decorados abundaban los espejos, de manera que dobles y originales se multiplicaban ad infinitum. *En busca de un mayor realismo, se fomentaba la improvisación y las grabaciones se publicaban tras una edición muy básica, sin cortar los momentos en que a alguno de los participantes le flaqueaba el ánimo y se retiraba. En ocasiones el desertor, mientras los demás proseguían a lo suyo, rompía a llorar ante las cámaras, incapaz de ocultarse debido a los espejos. Era costoso, si no imposible, distinguir si se trataba de un usuario o de su doble.*

Al día siguiente aguardaba delante del hotel a que un taxi la recogiera. Una lo había organizado. Al verla apoyada en las muletas, un portero se ofreció a sacar una silla a la acera. Ella agradeció su amabilidad pero le dijo que no hacía falta. La esperaban en la torre a las cinco y ya eran más de las cuatro y media. Se le ocurrió que tendría que haber comprado un regalo, pero entonces apareció el taxi y ella vio el reflejo de su cara amoratada en la ventanilla y descartó la idea. El conductor y el portero, estorbándose entre sí, la ayudaron a acomodarse en el asiento de atrás. Hacía un día soleado. Por el camino se encontraron con una bandada gorriones posada en una cerca a la vera de la carretera. Alzaron el vuelo uno a uno, a medida que el coche llegaba a su altura, como salvas vivas que celebraran el paso de Nora. Ella se daba palmaditas en las rodillas siguiendo un ritmo que sonaba en su cabeza. Volvió la cabeza hacia la ventanilla y disfrutó del calor del sol en la cara.

El portón de la finca estaba abierto. Al pasar ante ellos, los guardas saludaron a Nora con un gesto de la cabeza. El taxista se detuvo junto a la casa anexa a la torre y la ayudó a bajar. Luego llevó el vehículo de vuelta a la carretera y aparcó en el arcén. Tenía orden de esperar fuera de la propiedad. El portón se cerró. Una salió al umbral de la casa.

¿Cómo te encuentras?

Bien. Mejor, gracias, dijo Nora.

Pasa, por favor. ¿Necesitas ayuda?

No.

La casa tenía una galería porticada. Incluso Nora, con su escaso gusto por la decoración, pensó que era un buen sitio para colocar una mesa y unas sillas, quizás también unos instrumentos de labranza antiguos a modo de adorno, pero el espacio estaba desnudo. El suelo era de baldosas de barro, como en la habitación a la que pasaron. Nora se movía con torpeza por culpa de las muletas y a punto estuvo de caerse mientras miraba alrededor, ansiosa por que no se le escapara ningún detalle.

Las ventanas eran pequeñas y tenían los postigos entornados. Cuando sus ojos se habituaron a la oscuridad, vio un salón alargado, de paredes irregulares y encaladas. En un rincón había un escritorio de persiana, junto a un radiador demasiado pequeño para caldear un espacio tan amplio. Las paredes estaban adornadas con platos de cerámica pintados a mano. Otro rincón lo ocupaba una alacena esquinera de madera oscura. En un extremo estaba la cocina, a la que se accedía a través de un arco de piedra. Era ridículamente pequeña, apenas cabía una persona. Del fregadero asomaban platos sin lavar. Nora se preguntó qué significaban, si confianza o simple dejadez.

Una la invitó a sentarse en una antigua mesa de refectorio. La anciana ocupó la cabecera. Cuando Nora hubo tomado asiento, apoyado las muletas en la silla de al lado y mirado una vez más a su alrededor, Una volvió a preguntarle cómo se encontraba, ahora en tono menos formulario, inclinándose un poco hacia ella. Como la anterior vez que Nora la había visto, la anciana iba ataviada de negro, un vestido recto de cuello alto y mangas anchas que le llegaba a los tobillos, con apariencia de hábito, y en los pies unos botines acharolados. En la mesa aguardaba una bandeja con una tetera y dos tazas. Una tocó la tetera.

Todavía caliente. Me alegro de que el taxi haya sido puntual. ¿Te apetece?

Nora asintió y volvió a dar las gracias.

Una sirvió ambas tazas. Luego tomó un sorbo de la suya, mirando a Nora por encima del borde.

Estás muy guapa, pese a todo.

Nora no supo qué decir. Sonrió con timidez y probó el té, que estaba demasiado cargado para su gusto. Esa mañana había ido a la peluquería y se había comprado la blusa y los zapatos que llevaba.

¿Juan no va a acompañarnos?

Está en la torre, dijo Una. Siente mucho lo que te ha pasado. Se arrepiente de no haberte avisado de que algo así podía suceder. ¿La policía ha averiguado algo?

¿No va a bajar?, preguntó Nora.

Una posó su taza en el platillo sin hacer ruido.

No, no bajará.

Vaya. Cuando me llamó usted dio a entender que estaría. Si no recuerdo mal, dijo que me invitaban a visitarlos.

Puedes tutearme. Que él te invite no le obliga a estar presente, explicó Una. Pero reconozco que me expresé así para asegurarme de que vinieras. Me disculpo por la pequeña treta. Tenía mucho interés en hablar contigo, y no solo por lo que ha pasado.

Larrazábal debe de estar muy cómodo allá arriba.

No voy contarte nada sobre lo que hace ni sobre dónde está. Sería violar su intimidad.

Después de una pausa, Una continuó: Como te iba diciendo, él lamenta lo sucedido y no quiere que se repita. Juan está muy satisfecho con tu trabajo. Saber que cuenta contigo le hace sentir seguro y espera que esa agresión imperdonable no te lleve a abandonarlo, a abandonarnos. Para que esto no suceda, Juan te propone que trabajes desde tu casa, donde seguro que te sientes más cómoda y protegida.

Si eso implica hacer alguna reforma en la vivienda, él correrá con los gastos, naturalmente. También ha pensado en contratar un servicio de seguridad para ti, al menos durante un tiempo.

Agradezco que haya pensado en todo eso, pero no será necesario.

No respondas ahora. Piénsalo. Sería beneficioso para todos.

Antes de que Nora pudiera decir nada, Una añadió: También tienes la opción de cambiar de residencia. Puedes buscar una casa en otro sitio. ¿Algo más aislado? ¿Más grande? ¿Quizás algo que llevas tiempo deseando? Debemos ver este momento como una oportunidad para empezar de nuevo. Juan no tendría inconveniente en comprar la casa donde vives ahora.

Cuánta amabilidad.

Una sonrió brevemente, apenas un alzamiento de las comisuras de los labios.

Nosotros tenemos que ayudarnos, ¿no?, dijo.

Nora no podía dejar de mirarle las cicatrices.

Ahora mismo pensar en cambiar de casa es…

Lo entiendo. Estás cansada y enfadada. Pero vuelvo a pedirte que no me respondas todavía. Piénsalo todo el tiempo que quieras. La propuesta no tiene caducidad. Y también te pido, te lo pide Juan, que, decidas lo que decidas, sigas trabajando con nosotros. No te lo hemos dicho con la claridad que deberíamos, pero te has convertido en alguien muy importante entre estas paredes. Además, las cosas serán cada vez más fáciles. El interés por Juan Larrazábal irá decayendo. Nosotras contribuiremos a que sea así reforzando su silencio. Hasta puede pasar que alguien invente algo que deje a Revival obsoleto.

Y entonces, dijo Nora, Juan podrá llevar una vida normal.

Una inclinó la cabeza a un lado, en gesto de interrogación. Creía que lo habías entendido, querida. Para él la vida normal es la que lleva ahora. A Juan Larrazábal le gusta la soledad.

¿Está enfermo? ¿Tiene depresión?

¿Enfermo? No, no. Yo no diría eso.

Una explicó que era costoso decir de dónde surgía un deseo así. No nacía de ninguna ofensa, de ningún dolor, de ninguna pérdida que volviera a la persona incapaz de tratar con sus semejantes.

No, rectificó, incapaz no, indiferente al trato con ellos. Reconoces las virtudes y los defectos de los demás pero ni aplaudes unas ni censuras los otros. No es una depresión. Te despiertas con buen ánimo por las mañanas, escoges con atención la ropa que te vas a poner, comes, disfrutas con tus quehaceres.

La anciana siguió diciendo que Juan amaba la soledad por sí misma, no porque la necesitara para trabajar ni para evitar a alguien.

¿Eso lo dice él o es lo que a ti te gusta pensar que sucede?

Una frunció los labios.

Que hayas sufrido una paliza no te da derecho a ser impertinente. Te hemos invitado para darte explicaciones. No las desprecies.

No hay nada malo en disfrutar de la soledad, dijo Nora. No tiene nada de lo que avergonzarse. De todos modos, él sale. Pasea por la isla. Puede que algún día quiera hacer algo más, conocer gente.

Pensativa, Una guardó silencio antes de responder. Cuando hablaba, rara vez miraba a Nora. Dirigía la vista a otros puntos de la estancia, con tanta fijeza que en varias ocasiones Nora lanzó vistazos en la misma dirección, esperando encontrar allí a alguien, quizás a Juan, que había cambiado de idea y bajado de su torre.

Una reconoció que, en efecto, no había que avergonzarse por querer estar solo. Aun así, ¿cómo se podía reconocer, ante los demás y ante uno mismo, que se prefieren un sillón confortable y una ventana bien orientada antes que la gente? ¿Cómo decir que se prefieren las plasmaciones de personas que aparecen en los libros y en los cuadros —limitadas, imperfectas, sesgadas— antes que las personas reales, que trabajan, enferman, se curan, crían a sus hijos, ven morir a sus padres, escriben esos libros y pintan esos cuadros? Si alguien se siente más próximo a las representaciones efectuadas por vía del arte que a las personas reales, ¿puede suceder que esa persona también sea apenas un bosquejo de ser humano?

¿Hasta dónde llega ese gusto por la soledad?, preguntó Nora, abrumada por las palabras de Una y un poco asustada.

¿Has leído *Las mil y una noches*?

Nora reconoció que no.

Pero sabes quién era Simbad.

Una explicó que, en uno de sus viajes, Simbad el Marino se encuentra con el Viejo del Mar, un anciano flaco, con pinta de desamparado, que espera en la orilla de un arroyo. Cuando ve a Simbad le pide que le ayude a cruzar al otro lado. Simbad accede y el viejo se sube a sus hombros. Cruzan sin problemas, pero cuando llegan a la otra orilla, el viejo se niega a bajar y se aferra con las piernas al cuello de Simbad, que intenta quitárselo de encima con todas sus fuerzas pero no lo consigue. Dándole puñetazos en la cabeza y patadas en el vientre, el Viejo del Mar guía a Simbad hasta debajo de los árboles para que él pueda coger fruta. Pasan días así, con Simbad convertido en montura y el viejo haciendo sus necesidades sobre él.

Digamos que para alguien como Juan Larrazábal, concluyó Una, cualquier persona con la que se ve obligado a tratar se parece mucho al Viejo del Mar. Una carga. Una amenaza. Un motivo de asco. Algo de lo que librarse lo antes posible.

Pero tú vives con él, dijo Nora. Te deja vivir con él, puntuó.

Lo cuido sin hacerme notar, igual que tú. No es fácil. Algunas noches tiene pesadillas. Se levanta y recorre la torre medio dormido, revisando las habitaciones, los armarios y cualquier hueco donde pueda esconderse alguien.

¿Con qué sueña?

Con gente. Al principio, cuando le oía, me levantaba para asegurarme de que estuviera bien y ayudarlo como pudiera, aunque solo fuera ofrecerle una infusión, dijo Una apartando otra vez la mirada. Y él me pegaba y me gritaba que me fuera. Luego se calmaba y volvía llorando a la torre.

Dios mío, dijo Nora.

Ahora, si le oigo levantarse, sé que no tengo que ponerme en medio. Salgo por la ventana de mi habitación y me quedo fuera un rato, hasta que él vuelve a la cama.

Debes de apreciarlo mucho para soportar que te trate así.

En efecto, dijo Una con firmeza. Ese chico es todo lo que tengo.

Nora necesitaba hacer una pausa. ¿Puedo tomar un vaso de agua?, pidió.

¿No te gusta el té?

Sí, pero…

Pero quieres otra cosa. A lo mejor te gustaría algo más fuerte.

La verdad es que sí, reconoció Nora.

No tenemos. No hay bebidas alcohólicas en la torre.

Un vaso de agua estará bien.

Una fue a la cocina. Nora la vio abrir un armario y la oyó rezongar. Una cerró el armario, lavó un vaso del fregadero, lo llenó con agua del grifo y se lo llevó a Nora. En la superficie flotaba un resto de jabón. Una volvió a sentarse y se quedó en silencio, mirando a su invitada, hasta que esta tomó un sorbo.

¿Cómo se deshizo Simbad del Viejo del Mar?, preguntó Nora.

Lo emborrachó con vino. El viejo aflojó la presa de sus piernas y Simbad se libró de él. Luego le aplastó la cabeza con una piedra.

¿Eso le gustaría hacer a Larrazábal con los que se le acercan?

Claro que no. Aunque seguramente muchos piensan que hizo algo peor.

Una se pasó la lengua sobre los dientes. Al darse cuenta de que Nora la miraba fijamente, sonrió. Tenía varios dientes mellados.

¿Qué fue lo que hizo?, preguntó Nora, pero se respondió a sí misma. Revival. Hizo Revival.

Exacto. Como digo, para Juan la vida normal es la que lleva ahora. Todo lo anterior fue un trámite esforzado, una huida hacia delante. Desde el primer momento su intención fue ganar dinero suficiente para encerrarse en un sitio de su agrado y dar la espalda al mundo. Si ahora subiéramos a la torre y le preguntáramos cuándo planea salir, nos respondería que nunca, que no saldría aunque nadie se acordara de Revival ni de él.

Nora balbuceó, buscando palabras para replicar.

La entiendo, dijo Una, tu reacción. Te molesta, ¿cierto? Te ofende que renuncien a ti a cambio de nada, porque eso hace él ahí arriba: nada. Imagina entonces cómo se han sentido su familia y sus compañeros de trabajo, algunos de los cuales se consideraban amigos suyos, los muy ingenuos.

Una añadió que Juan no había cambiado a aquellas personas por alguien más, ni por una afición absorbente, ni por una adicción, ni por una creencia religiosa, ni por un propósito elevado, reconocido y comprensible. Las había cambiado por nada.

Pareces orgullosa de él.

Lo estoy. Es un valiente. Ha eludido las directivas sociales y familiares. ¿Conoces a otro que se haya atrevido a hacerlo en la misma medida? Ha llegado hasta aquí, dijo Una alzando las manos hacia las vigas del techo. Cada persona que se haya sentido ofendida por Revival, cada persona dejada de lado por su pareja a cambio de la pornografía, cada demanda por ofensa al honor, cada insulto, cada agresión, cada suicidio han merecido la pena y no han tenido más fin que lo que ahora ves: esta casa y su torre.

Una dijo esto en tono neutro, sin lamentarse ni regodearse, y lo que la llevó a bajar la voz al final no fueron la inseguridad ni la vergüenza ni el temor al escándalo, sino el mal sabor de decir una obviedad.

Pero Juan Larrazábal todavía no ha llegado al final del camino, prosiguió la anciana. Le falta el trecho más duro y traicionero. Le espera algo mucho más complicado que crear Revival, más que volver la espalda a su familia. Tiene que impedir que la torre se llene de voces. Voces que lo acusan, que lo halagan, que buscan contemporizar. Cuando sale de la torre e intercambia unas palabras con el dependiente de una frutería o con un jubilado que prepara su bote para salir a pescar, no hace más que cerrar la puerta a esas otras voces, las que significan algo. ¿Y sabes cuál es la más terrible de todas? La suya, que lo invita a conspirar contra sí mismo, que le sugiere restaurar puentes, que le da ideas para volver al trabajo.

¿Crees que no lo va a conseguir?, preguntó Nora esperanzada.

Es posible, dijo Una, como si se tratara de algo perfectamente natural o que hubiera aceptado de antemano. ¿Por qué no? A lo mejor una noche las pesadillas dejan de serlo y las personas a las que ve en sueños hacen que, en lugar de inspeccionar la casa, empiece a llamar a viejos conocidos e interesarse por ellos. Puede que un día su madre se ponga enferma y entonces estas paredes pierdan su importancia. ¿Quién sabe lo que pasará? Cada solitario es un enigma.

¿Qué harás tú entonces? ¿Seguirás con él?

No, no seguiré. Mi presencia le recordaría una época en la que no querrá pensar. Tendré que buscar a alguien con quien vivir y a quien cuidar. Y ahora, dijo Una, me temo que tengo que dejarte ir. Debo ver si Juan necesita algo. Te reitero el ofrecimiento de trabajar desde tu casa, si así lo quieres, o de buscar otro sitio donde vivir. No, no me respondas. ¿Lo pensarás? ¿Nos concederás eso?

De acuerdo, lo pensaré, accedió Nora.

Se puso en pie con dificultad, sin ayuda de Una.

Creo que algún día él saldrá de aquí, dijo Nora una vez se hubo afianzado en las muletas. No solo para dar un paseo o ir al cine, sino que saldrá de verdad. Algún día conocerá a alguien que signifique algo para él. Puede que al principio esa persona no sea nadie especial para Juan Larrazábal, pero conseguirá serlo.

Es posible, dijo Una con una sonrisa complaciente, aunque yo no contaría con ello. Si alguien como Juan tuviera que llevar una vida convencional, sería desgraciado y haría desgraciadas a las personas que estuvieran con él.

He conocido a hombres así. Se puede vivir con ellos. Solo hay que aprender a comprender…

No, la interrumpió Una. Nunca has conocido a nadie parecido. En presencia de gente, Juan Larrazábal no se siente él mismo.

Nora se rio sin convicción.

¿Y cuál es el problema? Eso mismo me pasa a mí, dijo. Creo que me está pasando ahora mismo.

Una negó lentamente con la cabeza. Añadió que para Juan las personas no eran más que interferencias que afectaban a su visión y su oído. No distinguía entre gente atractiva o fea. Para él todos eran igual de repulsivos, hablaban demasiado alto, manchaban algo con solo tocarlo. Le molestaba todo lo que dijeran, aunque fuera lo que él más deseara oír, en especial en este caso.

No, repitió Una, tú no conoces a nadie así, y si lo hicieras no te gustaría.

A continuación señaló la puerta. Nora la siguió apoyándose en las muletas.

Con la mano en la manilla, Una preguntó: ¿Estás de baja o sigues trabajando para nosotros?

Nora se detuvo. La frente le brillaba de sudor. Hace unos días, dijo, cuando intentaron entrar en la finca, inspeccioné la valla. En el alambre de espino hay plásticos y papeles enganchados que ha llevado el viento. Dan mala imagen. Habría que quitarlos. Y en los campos donde pastaban las vacas la hierba está muy alta y hay maleza. Yo los desbrozaría por la misma razón. ¿Escribo un *email* a Juan o...?

No hace falta. Llama a alguien para que se ocupe.

¿Hay algo más que pueda hacer?, preguntó Nora.

Sí. Juan quiere que le consigas una chica para esta noche, dijo Una en tono casual. Una puta.

Ante la sorpresa de Nora, la anciana, resignada o puede que asqueada, añadió: Sabíamos que este momento iba a llegar, ¿verdad? No importa cómo sea ella. Solo ha pedido una chica, sin concretar. Seguramente él no conseguirá hacer nada, dijo, y soltó una risita. Supongo que seguirá intentándolo más adelante. En fin, escoge tú, algo que pienses que podría gustarle. ¿De acuerdo?

Nora asintió apretando los labios.

Que esté aquí a las nueve. El taxista que te ha traído es de confianza. Habla con él para el transporte. ¿Te encuentras bien? Pareces cansada.

Nora asintió de nuevo y la anciana abrió la puerta.

Gracias por venir, Nora. Espero que te recuperes pronto. Y no olvides nuestro ofrecimiento.

Nora se alejó con la cabeza gacha. Deseaba mirar hacia la torre, por si veía un atisbo de Juan. Sabiendo que la anciana la observaba, se contuvo de hacerlo. Después de la semioscuridad de dentro, el sol la deslumbraba. Sintió un comienzo de mareo. Le habría gustado parar un momento y acostumbrarse al exceso de luz. Cuando llegó cerca del portón, la anciana accionó la apertura desde la casa. El taxi esperaba fuera. El conductor se apeó. Los guardas salieron de su caseta. A todos les pareció que Nora tardó una eternidad en llegar al coche. Balbuceó un agradecimiento cuando el conductor le abrió la puerta. No pudo seguir sosteniéndose. Se dejó caer en el asiento trasero y agachó la cabeza para no ver el reflejo del taxista en el retrovisor.

Una aguardó hasta que el vehículo se hubo ido y luego a que el portón volviera a estar completamente cerrado antes de recoger las tazas y la tetera y llevarlas a la cocina. Las dejó en el fregadero atestado. Encendió un cigarrillo y lo fumó con parsimonia, echando la ceniza sobre los platos sucios. Luego preparó un sándwich de jamón, queso y lechuga. Lo puso en una bandeja junto con una botella de cerveza.

Subió a la torre. Se detuvo ante una puerta y llamó con tres golpes. No hubo respuesta. Abrió teniendo cuidado de que no se le cayera la bandeja.

Ya se ha ido, dijo. Sigue trabajando para nosotros.

Bien, respondió una voz ronca.

Una dejó la bandeja en una mesa y cogió otra en la que había platos con sobras.

Lo has dejado casi todo. ¿Sabes lo que me ha costado hacer este guiso? La cocina no es lo mío. Me he esforzado mucho.

No obtuvo respuesta.

Te he traído un sándwich. Tienes que alimentarte. Lo de esta noche ya está organizado. Ella se encargará. La chica llegará a las nueve.

Una miró a su alrededor.

¿Quieres que mude la cama?

Se respondió a sí misma: Será mejor esperar a después.

Seguro que a esa no le importa. ¿Quieres que te corte el pelo? Ya te hace falta.

No.

Ha llegado una caja de libros. ¿Te la subo?

No.

Son en francés.

Déjame en paz. Vete de una vez.

Una sonrió y salió, cerrando la puerta sin hacer ruido.

Sus pisadas se alejan escalera abajo. La corriente de aire levantada al cerrar la puerta arrastra la cascarilla de roca que siempre hay al pie de las paredes, no importa cuántas veces al día barra la vieja. La arenilla se esparce con un susurro, se pega a las plantas de los pies. Las grietas entre los bloques de piedra son cada vez más grandes. Se ensanchan, se alargan y se juntan entre ellas, siempre que nadie mire. Si las miras son eternas. Cada vez hay menos torre. Por las noches cruje y se lamenta como si se hundiera en el lecho de la isla.

El sol asoma por el ventanuco. El eco de la corriente de aire agita el polvo. Las motas colisionan entre sí en el haz de luz, salen desviadas y vuelven a colisionar con un crepitar de tormenta lejana. Al cabo se calman, alteradas apenas por la respiración, y se posan, cubriendo ropa y piel. Sube la temperatura. El sudor pica en los ojos. El olor del sándwich y de la cerveza se acercan desde la mesa y se mezclan con el olor a cuerpo sucio. Por el suelo se arrastra un trapezoide de sol. La luz zumba, toca muebles, que chasquean. La arenilla brilla.

Golpes en la ventana que provocan un estremecimiento. Tiembla la torre entera. Una abeja empeñada en entrar. Arremete dos veces, tres, contra el cristal. Con cada golpe suelta una nube del polen. Explosiones doradas, una dentro de otra, dentro de otra. Al cabo se rinde, juiciosa. El polen se disipa. Por fin, silencio. Luego, demasiado pronto, como siempre, empiezan los crujidos.

Índice

∾

El silencio y los crujidos

PENELOPE FITZGERALD

La puerta de los ángeles

Traducción del inglés de Jon Bilbao

«Una novela que deleita, divierte y perturba en la
misma medida en que provoca la reflexión.»

(Allan Massie, *Scotsman*)

www.impedimenta.es

También en Impedimenta

Iris Murdoch

El libro y la hermandad

Traducción del inglés de Jon Bilbao

«El dominio del lenguaje, la historia y la filosofía
de Murdoch atrapan al lector más avezado.»

(Publisher's Weekly)

www.impedimenta.es